リセットライフ

―― 本当の自分を求めて

石川一成

鳥影社

リセットライフ　目次

リセットライフ …… 3
未熟恋《みじゅくれん》 …… 91
後記 152

リセットライフ——本当の自分を求めて

一

遠くから聞こえる音が近づいてくる。耳に響くほど大きくなり、携帯のアラームを手探りで消した。二度寝の誘惑と戦ううちカーテンから漏れる光が明るくなる。ベッドから起き上がって歯をみがきスーツに着替える。食パンをトーストする時間もなく、何もつけずに牛乳で流し込むと味気ない。革靴のかかとを踏みながら足を押し込み、コートを羽織りつつ肩でドアを開ける。慌てて鍵をかけて階段を駆け下り、玄関から飛び出した。

ゴールデンウィークもあっという間に終わり、会社に行くのが憂うつだが行くしかない。七時十五分発東京行き中鉄ライナー目指し、判田卓也《はんだたくや》は立河《たちかわ》郊外のアパートから自転車のペダルをこぎまくる。冷気で手がかじかみ、朝日に目を細めて車道を走るうち通勤通学の人が増え、駅に着いたのが二分前。駐輪禁止を無視した車列をこじ開けて隙間を作り、階段を二段飛びで駆け上がった。コンコースを行きかう人波を走り抜け、空いている改札を通る。人がぎっしりの下りではなくガラガラの上り階段を駆け下りると、流線型の車体がホームへ入って来て胸をなでおろす。白線に沿って並ぶ人の列につくふりをしながら、ドアの反対側に割り込んだ。

「立河〜立河。ご乗車ありがとうございます。お降りの方を先にお通しください」

押し合いながら降りてくる人波の途中で踏み込み、二両目最後部へと隙間を押し開ける。

「おはようございます」

三人席の奥に上司の鬼山太郎《きやまたろう》と同僚の手色秀一《ていろしゅういち》が座っていて、背中を押してくるリュックを横目でにらむ。鬼山は八応寺《はちおうじ》、手色は高雄《たかお》が自宅で、鬼山の提案で毎朝一緒に出勤している。体がよじ曲がるほど押されてドアが閉じたが、若い女性がバッグを挟まれ、気まずそうな顔で引き抜くと同時に電車が動き出した。足の踏み場もなく、揺れに任せて隣ともたれ合い、後ろからの圧力で鬼山の膝の間に触れそうになるくらい足が入り込む。熱気で窓ガラスが曇り、額と背中に汗がにじむ。今日は打ち合わせることもないようで、鬼山は鬼のように怖い顔で口を結び、手色は文庫本を平然と読んでいる。携帯を見ることさえできず、薄目を開けて苦痛に耐えているとホームが見えてきた。

「国文寺《こくぶんじ》〜国文寺〜。携帯電話など身の回りのお忘れ物にご注意ください」

奥の人が人混みをかき分け、ドア付近の客と押し合いながら降りてゆく。判田の体は少し楽になったが、乗客ではなく、駅員が大きな声で入ってきた。

「申しわけありませんが、具合の悪い方がおいでになりますので、どなたか席をお譲りください」

手前の若者は寝たふりをはじめ、鬼山が手色を肘でつついて立ち上がる。

「どうぞ」

みすぼらしい身なりの男が見え、半歩下がった判田の前をよろめきながら通り過ぎ、白髪の中年男性が体を支えながら頭を下げた。黒ぶちメガネの向こうに穏やかな瞳、物腰は丁寧で、牧師服の胸元に十字架がぶら下がっている。みすぼらしい男は奥の席に倒れ込んで息をつき、汚い唇の間に黒い歯がのぞく。薄汚れた顔が隠れるほどの長髪にひげも生やし放題でホームレスだろう。牧師が隣に座って心配そうに声をかけ、待たされていた人がどっと流れ込む。チャイムが鳴り終わった後にも駆け込んできて、閉まりかけたドアに押し入った若者の体をつぶして扉が閉じた。列車はホームからすべり出し、見かけによらず人当たりの良い鬼山が苦しい姿勢でのぞき込む。

「大丈夫ですか？」

「風邪で熱が高いようで、知り合いがいる三高《みたか》の病院まで」

牧師が会釈しつつ答えたが、額の左右だけに毛の残った丸顔で、判田はゆで卵を連想した。ホームレス風の男は赤ら顔でハアハア呼吸し、厚いまぶたの下に濁った瞳がのぞき、鉤鼻《かぎばな》がぴくぴく動く。奥の扉に体を寄せた手色はしかめ面で読書を続け、判田も醜い姿を見ないよう顔をそむけた。

「急病の方がいらしたため、国文寺を約三分遅れで発車しました。お急ぎのところ誠に申しわけありません。次の停車駅は三高です」

アナウンスと共にスピードが上がり、体が進行方向に傾く。何かがピカッと光ると同時にものすごい音がし、車両が跳ね上がるように揺れた。「キャー」という大声を聞きながら体がふっ飛ばされ、鉄の棒に頭が激突して強い痛みが走る。何が起きたのか考える間もなく判田の意識は遠のいて行った……

二

尾茶の水《おちゃのみず》駅から急坂を下った駿画台《するがだい》交差点に、電車の模型がてっぺんについた高層ビルが建っている。『中王電鉄株式会社』の本社で、夜十二時近いのに真ん中あたりのワンフロアだけに煌々と電気がつく。七階全体を使った部屋に五十以上のデスクが並び、左手の『企画営業三課』入り口近くの席で、判田はパソコン画面と格闘している。窓際中央の部長席ではヘビースモーカーの鬼山がタバコを吸い続け、白い煙がボヤのように立ち込めていた。

「判田まだか？」

「もう少しで」

「何やっとるんだ！　全く～」

机をこぶしでたたきながらのだみ声が飛び、山盛りの灰皿から崩れ落ちた吸殻を鬼山は舌打ちしてつまみ上げた。禁煙の締め付けが強く、勤務時間は遠慮している鬼山も、この時間は気ままに吸い続けている。判田は冷や汗をかきつつキーボードをたたくスピードを上げた。手色はネットサーフィンをして待っていて、狐のような顔に意地悪な笑みが浮かぶ。髪は七三分け、顔色は透き通るように白く、銀縁メガネの目が冷たく光っている。同期入社以来表面上は普通に付き合っているが、エリートぶって自分を見下ろしているのを感じ、判田はどうしても好きになれない。

外回りが続いて今日が期限の企画書など頭から飛んでいた。何とか打ち終えた書類をプリントアウトし、鬼山の席まで走って差し出すと、鬼山は奪い取るように手にして不機嫌そうに目を向ける。髪の毛がてっぺんまで後退した地黒の顔が強張りだし、げじげじ眉は吊り上がって額にしわが何本もよった。

「何だこれは。ブドウ狩りにワイン飲み放題に温泉ツアー。ありきたりの企画で若い客を開拓できるわけないだろ。おじさんおばさんならともかく。明日、一からやり直せ！」

細部は頭をひねったつもりのプランを投げ返され、床へ落ちたペーパーを拾うことさえできずに、部長席の前で立ちつくす。そんな判田を尻目に鬼山は部屋を出て行き、にやにや笑いながら続く手色の姿に本当に嫌な奴だと思う。判田も気を取り直して書類をシュレッダーにかけ、慌てて追いかけた。

部の長で人一倍仕事熱心な鬼山と一番新米の二人が、たいてい帰りが最後になる。深夜まで開いている店で夕食を済ませて終電のライナーで帰途につくというのがお決まりだった。静まり返った安国《やすくに》通りを横切ってらせん階段で地下へ降り、〈スマトラ堂〉と書かれたのれんをくぐりぬける。味、値段、量の三拍子そろったカレー屋で、本格的なカレーと焼きリンゴが名物だが、多国籍料理をつまみに飲むこともできる。木のテーブルが十個ほどの店は閉店間際で空いていて、指定席の奥のソファーに腰を下ろした。怒られた後の気まずい感じが続き誰も視線を合わそうとしない。かっぽう着姿の初老のウエイターが素早く水を運んできた。

「ウーロン茶とビーフカレー」

「僕はグラスワインの赤と、タンカレー下さい」

「黒ビールとポーク大盛り」

判田は酒好きで手色も少しは行けたが、外観と違って鬼山は一滴も飲めない。恐い上司の鬼山、エリートを気取る手色、ごく平凡な判田とカラーは違う三人だったが、大のカレー好きというところが共通点だった。おしぼりで顔をふいた鬼山は硬い顔でタバコを吸い始め、苦手な煙を判田はさりげなくよけつついつものように言葉が出てこない。手色も冷たい顔で黙ったままで、手持無沙汰のテーブルに飲み物が運ばれてきた。判田はジョッキをすぐにつかみ、クリーミーに泡立った黒ビールが喉に染みる。空腹に染み渡って神経が緩み、沈んだ心も軽くなった。手色はワイングラスをくるくる回して口をつけている。タバコをもみ消した鬼山も陶器のカップを一気に傾け、手の甲で口を拭って表情を緩めた。

「判田、もう少し変わったアイデアは出ないのか」

「一生懸命考えてますが……」

「顔形もそうだが、あまりに普通すぎる。人と同じことしてても金なんか稼げんし出世もできんぞ。人と違うことをどんどんしていかんと。大体お前は何で中鉄に？」

「内定取れた中で、給料が一番良かったので」

「それだけか？　大学まで出て何かやりたいことは？」

「別に……いい会社入って出世するくらい」

「親の仕事は？」

「銀行員です。自分は銀行に行けるほどの頭は」

「人づきあいがいいとか、怒られても立ち直りが早いとか、見どころもある。とにかく会社のためにもう少し頑張ってもらわんと」

「鬼」と陰口をたたかれるほど厳しい上司で、毎日のように叱られている。でも言葉に悪意はなく、自分に目をかけ残業まで付き合ってくれる鬼山に判田は親しみを感じていた。

「手色はセンスあるな。『お座敷列車で有名駅弁満喫ツアー』も受けたし、今回の『レトロな食堂車でイタリアンの旅』も良さそうだ」

「電車少年でしたから」

「それで電車旅の人の気持ちが。電車少年なら技術には？」

「希望でしたが、両親の希望で法学部へ」

「親が弁護士か？」

「二人とも教員ですが。結局法律には興味を持てず」

「それで東大から中鉄入りか。幹部も狙えそうだが、営業の方を何とか」

「人づきあいが苦手で押し売りみたいのも」

「そんなこと言ってる場合か。楽な仕事なんかないし、家族の生活支えなきゃならんのだし」

耳の痛い言葉にまた沈黙が流れ、ウエイターが白い皿と銀の器を並べる。ライスは普通でも山盛りで、とろみのあるルーの香りに判田の食欲がそそられた。長いタバコをねじ消した鬼山はライスの真上からルーを注ぎ、手色はライスをならしたところへ一すくいルーをかける。白米の山を判田は崩し、ルーと絡めて口へ運ぶと味わい深い辛みが口の中に広がった。ここのカレーと黒ビールは嫌なことを忘れさせてくれるし、おいしいものを食べているときが一番幸せだった。

「今の若いもんはハングリーじゃないし、恵まれ過ぎとるんだろうな。わしなんか……」

大口でカレーを食べながら、中鉄では高卒として初めて部長にまで昇進した鬼山の自慢話が始まる。中王電鉄株式会社、通称『中鉄』は、新生元年国鉄がＮＲに民営化されたのを機に、傾いていた伝統私鉄慶友鉄道をバブルで急成長した旅行会社が合併して設立された。ワンマンオーナーが徹底した経費削減で運賃を大幅に減額し、旅行業のカラーを生かして斬新な企画を打ち出し、今や中王線沿線でNRと乗客を二分するまでに成長している。鬼山は中鉄設立と同時に高卒で新規採用され、エリートが多い旧慶友系社員との出世競争に勝ち残った営業畑一筋のたたき上げだった。

「この三十年、ない頭ひねって電車旅行のアイデアの出し続け。それがわが社とわしの生き残る道だったし。お前たちも安穏とはしておられんぞ。バブルが終わってから景気も回復せんし」

「新卒採用なしなのは初めてみたいですね。俺たちが一番新米のままだし。あとうちの会社少し変ですよね。なんで毎朝オーナーの写真に最敬礼？」

「僕は中鉄沿線しか旅行に行けないのが」

「あのオーナーがいなければわが社はなかったんだから。技術にはエリートを揃えとるし、ライナーの開発には社を挙げて金をかけた。最高時速三百キロ、東京甲富《こうふ》を四十分なんて、わしが入った頃は夢のまた夢だった」

「僕もライナーにあこがれて。専用線路と最新の速度調整システム、秒単位の時刻管理でめったに遅れませんし。専属運転士は高給で出世コース確実。選抜試験の合格率は五パーセントですか」

「ビルのてっぺんにあんな金ピカの模型つけなくても。その分の金はこっちには回ってこないんですか？　遅くまで仕事しないとこなせないノルマはあるけど残業代は一銭もないなんて」

「管理の人は『他より高給なんだから欲張るな』って言いますけど、法律上当然の義務ですし、僕もほんとおかしいと」

「気持ちは分かるがわが社ではタブーの話。それで会社も大きくなれたんだしどこも似たり寄ったりだろ」

「三課が一番割に合わないな。小さな仕事の割にクレームが多くて」

「三課だけお荷物扱い。資産家や法人相手の一課と二課がうらやましいです」

「わかっとらんな。金持ちや会社相手より、普通の人と触れ合える三課が一番やりがいのある仕事。お前たちは楽しようとばかり考えとって、全然甘い。一年もこの仕事をやってきて、お客さんの心からの笑顔を見たことあるか？　お土産片手に『ほんとに楽しい旅をありがとう』と言ってもらったことはあるのか？」

鬼山は不機嫌な顔でトイレに立ち、遠ざかる背中に手色は舌打ちする。判田はもったいなく感じつつ米一粒残さず平らげた。食欲がない様子の鬼山の皿には半分以上カレーが残っている。残った黒ビールを喉に流し込み、水も飲み干して息をつくと、ウエイターがいつもの笑顔でつぎ足してくれる。怒鳴られたうえ小言まで言われたが、腹にたまっていたものも少しは吐き出せたし、満腹になった判田に眠気が襲ってきた……

三

「起きろ、おい……」

体がゆすぶられているのに気づき目を開ける。鼻に大きな絆創膏《ばんそうこう》を当てた顔が目の前に……

「だいじょうぶか、うなされとったぞ」

「ここは……」

「病院だ」

蛍光灯がまぶしく、外は暗い。壁も天井も白一色の部屋。あおむけに横たわるベッドで、判田は事情を飲み込めない頭に痛みを感じる。鬼山の力を借りて上体を起こすと、他に三つのベッドがあり、手色と見知らぬ中年男性の姿。みんな青い病院服を着ていて、右腕を三角巾でつるした手色が新聞を渡してくれた。新生三十年五月六日付の夕刊。

『中鉄ライナー爆発　数百名重軽傷』

『安全神話にヒビ』

『爆弾テロ？　アリクートの犯行？』

太い文字が目に入り、事故の記事が一面を埋め尽くす。くの字型に折れ曲がったライナーの写真を見ながら、爆発の瞬間を思い出す。鈍く痛む頭に手を当てると包帯がまかれていた。

「爆弾の破片が刺さって血まみれで泣きわめく人もいたし、救急隊もなかなか来なくて修羅場だった。お前もなかなか意識が戻らず心配したぞ。脳に異常はなかったようだが」

鉄の棒に頭をぶつけたシーンがはっきりよみがえる。背筋に寒気がしてきて、背中にも痛みを感じる。

「鬼山さんたちは？」

「手色は右腕の複雑骨折。わしは顔を窓ガラスにぶつけて。鼻骨の骨折だけで一番軽そうだけどな。今のとこ死者も出とらんし、スピードを出す前だったのが不幸中の幸いのようだ。あちらは締井《しめい》牧師さん」

向かいのベッドでは、小太りの男性が包帯でぐるぐる巻きの左足を吊られている。会釈をしつつ、額に傷のあるゆで卵のような顔には見覚えがある。

「締井さんのおかげでわしたちはここに。病院がなくて困っとるけが人もたくさんおったが」

「院長さんが長年の友人ですので」

温和な笑みを見ながら、ホームレスを介抱する牧師服姿を思い出した。

「急病の人とご一緒の……あの方は？」

「この病院へ来る途中でしたが、かすり傷ですんで熱も下がったよう。席を譲っていただいたおかげかも」

ドアが開き、金ぶち眼鏡をかけた男性医師が入ってくる。中年の看護師から体温計を渡され、医者が状況を説明してくれた。左側頭部の外傷が一番重く、頭蓋骨にひびが入っていて十針ほど縫い、背中の傷も三針ほど縫った。大事には至らなかったものの、安静が必要で再検査の必要もある。体温は平熱、血圧も正常で、判田は一安心しながら頭の傷に手を当てた。

「痛み止めを出しておきますね」

「退院までどれくらい？」

「二、三週間は。締井さんと手色さんも何度か手術が必要なので、同じくらい」

「わしは？」

「鬼山さんは一番軽いですから。簡単な整形手術と絆創膏は当分」

「本当はわしが一番休む必要が。これをして社に行くのか……」

鼻に大きな絆創膏をつけた寂しげな顔が滑稽で、看護師が口に手を当てて笑った。

四

『四元《しもと》ホスピタル』は、はやりの郊外型病院で、三高駅からバスで十分ほど。武蔵公園の向かいに矢川を挟んで黒いガラス張りの建物がそびえている。前庭には芝生が敷き詰められ、大理石造りの噴水がしぶきを上げている。武蔵地区では最先端の総合病院として名高く、約五百床もあり、診療科を網羅して一流医師も多数揃う。一階が外来、二階が入院、三階が介護病棟で、四階には創作和食のレストラン、広いホールや図書館まである。一番端には、政治家や芸能人などＶＩＰ患者しか入れない特別室があった。

三方に窓があって明るい部屋で、間接照明や木のインテリアが病室らしからぬムードを作っている。大きな鏡の洗面台に、広いバスルームなど、設備もホテル並みにハイセンス。日本庭園風の裏庭も見下ろせるし、武蔵公園と街並みの彼方には、雪化粧した富士山の姿も見えた。

面倒な検査はあったが判田の容態に異常はなく、締井と手色の初回手術も無事成功する。マスコミは事件について騒ぎ立て、犯行声明も出ていたため、手口は違うもののアリクート犯人説が有力だった。四、五日たつと『バラの会』の汚職のニュースにとってかわられ、にぎわっていた事故のニュースもパタッと消えた。お見舞いも一段落し、傷の痛みが和らぐと共に、悪夢にうなされることもなくなった。

今日の朝食は五穀米のおかゆ。手色は左手でぎこちなくスプーンを使い、鬼山は二、三口しか手をつけずにベッドから降りた。カーテンの陰で禁止のタバコに火をつけ、朝日に目を細めつつ煙を吐き出す。

「食後の一服はこたえられん。病院にいるとは思えんし。入院費までみてもらって本当にいいんですか？」

締井は、スプーンの手を止めて微笑む。

「四元さんにはいろいろ頼める付き合いですから。席をお譲りいただかなければケガされずに済んだかも」

「一度お会いしてお礼を。ご不在のようですがどちらへ？」

「たしかヨーロッパ。春秋には決まって海外旅行を」

「夢のような話」

手色もティッシュで口を拭いて話に加わる。

「缶田《かんだ》にも系列のホスピタルが」

「代々続く医者の家系で先代が大先生。その一人息子。そういうレッテルをはられるのが嫌で、本人も努力したようですが」

「お名前は以前から。ガン治療の権威ですし」

「来週には戻るはず」

「鬼山さんは退院してるかも」

「そんなに早く退院させたいのか？」

「そういう意味じゃなくて、会社も事故で大変な上に鬼山さんまで……」

「役員総動員で収拾に乗り出しとるし、次長が思った以上に頑張ってくれとるようだ」

「普段は忙しくて休みも取れないでしょうから、たまにはのんびりされたら。鬼山さんは退院前に人間ドックでも。評判いいですよ」

「こいつらに苦労ばっかかけられてガタが来とるし、そうさせていただくか」

判田は口をとがらせて窓の外を見る。杖をつき、片足を引きずって歩くみすぼらしい男が裏門から入ってきた。

「ホームレスみたい」

「暖を取りにとか残飯をもらいに。先代がキリスト教の信者で博愛主義がモットー」

「しきりに頭下げてる」

「シーさんかも」

片足を吊った不自由な姿勢で締井は窓側へ乗り出す。手を振る笑顔にホームレスは大きく一礼し、手色も窓際まで歩み寄った。

「電車でお世話になった方。あなた方にお礼を」

「意外と律儀な」

「気候の良い春と秋には公園にいるようで、病院にも良く」

裏口を出てきた看護師からビニール袋を渡され、ホームレスは何度も頭を下げる。手色は氷のような目で見降ろしていた。

「どんな過去が？」

「私もくわしくは……」

「不幸な生い立ちで、天涯孤独の身かな？」

「昔は案外裕福だったかも。大社長がバブル崩壊で倒産、離婚、一家離散というケースも」

「父の知り合いにもそんな方が」

「人生一寸先は闇か。なんにしても可哀想な人」

「そうでしょうか？　シーさんより私たちの方がほんとに『幸せ』でしょうか？　シーさんはああ見えて『私たちにないもの』を持っているかも」

締井は窓の外を見ながら、つぶやくように口にする。判田には謎めいた言葉の意味が分からず、鬼山は暗い表情で腕を組み、手色は不愉快そうに顔をしかめた。ホームレスはおにぎりをほおばりながら、土手沿いを川下の方へ歩いて行く。判田はおかゆを口にしながら、ボロボロのコートの背中を眺め続けた。

五

　入院してから二週間たったが毎日が楽しく、病院への考え方も覆された。前庭の芝生で日向ぼっこし、夕焼けの矢川沿いを散歩する。ホールでは映画の上映会があり、シンフォニーのミニコンサートも開かれ、判田も世話になった母と妹を招待して喜ばれた。日替わりのヒーリング音楽に耳を傾けつつ、図書館で借りてきた推理小説を読みふける。朝と昼の病院食は献立も工夫されて飽きないし、夜は有名シェフ監修のレストランで好きな物が食べられる。普段食べている食事よりはるかに健康的でハイレベルだった。

　判田は傷口の抜糸を終え、再検査の結果も異常なし。手色と締井の再手術も無事成功し、腕や足の機能も元通りになるよう。人間ドックの結果、胃にポリープが見つかった鬼山は念のため内視鏡手術を受け、予定以上に長い入院を続けている。締井への気遣いもあってか、鬼山から仕事の話が一切禁止され、会社を忘れてのんびりできる。ストレス漬けの日常と比べて天国のような毎日だった。

　ミックスサンドとオーガニックコーヒーの朝食に満足し、判田はベッドから外を眺めている。久々の雨に打たれて緑が生き生きしている。いつもの日課で締井は聖書を開き、手色は朝刊を読みふける。窓際の定位置でタバコをくゆらせていた鬼山がせき込んだ。

「食欲はないのに、体に良くないんじゃ」

「食後の一服はやめられん。じっとしてては太るからダイエットだよ」

「ダイエットっていう顔じゃ」

「失礼なことを言うようになったな」

「ほんとは心配してるんですが」

「手色、犯人はまだ捕まらんのか？」

手色は迷惑そうな表情で顔を上げる。

「アリクートの犯行声明は偽物のようです。初動のミスで捜査も難航し、警察は国内の過激派とかに焦点を」

「案外普通の人かも。社会に激しい恨みを抱いているとか」

締井はしおりを挟んで聖書を閉じ、鬼山の表情に影が差した。

「爆弾の作り方もインターネットで簡単に」

「エリートタイプの人なんかが逆に……」

「エリートって言えば、手色みたいな」

「……冗談きつすぎますよ。誕生日にこんなにひどいケガまでさせられて。僕なんか全然エリートじゃ」

ムキになる手色を鬼山がなだめ、判田も助け船を出した。

「捕まったらどれくらいの罪？」

「電車破壊罪だから無期または三年以上の懲役」

「さすが東大法学部」

「死者が出ていれば死刑か無期懲役だったのに。こんな犯人、いくら殺しても殺したりないくらい」

「珍しく過激な。気持ちは分からんでもないが」

ノックの音がし、鬼山はタバコを慌てて缶に捨て、判田のベッドの下に足で追いやった。

初めて見る白衣の中年医が背筋を伸ばして入ってくる。百八十センチ以上の長身、ロマンスグレーの長髪に目鼻立ちの整った顔、フチなし眼鏡をかけて肌はよく口に焼けている。

「おかげんはどうですか？」

「院長の四元さんです」

「おうわさはかねがね。素晴らしい病院でこんな豪華な部屋まで。一度ごあいさつをと」

「ほんとに災難でしたね。締井さんがお世話になったようで。中学の時出席番号が一番違いで隣の席に。それ以来の付き合いなんですよ」

スマートな物腰にバリトンの声。上品な口元から綺麗な歯がこぼれ、テレビドラマのような医者だった。

「海外に行かれとったとか」

「スペインとポルトガルへ」

「スペインの話はよく聞きますが、ポルトガルはあまり」

「穏やかな国で気質も日本と似てますね。キリスト教の大聖堂が特に印象に。海に囲まれているのでプルポというタコ料理もおいしかった。ただ地元の子供たちに『東京』なら知ってるけど『日本』は知らないと言われたのにはショックで」

「東京はメジャーでも日本はマイナー」

鬼山は苦笑いし、四元も寂しげに息をつく。

「わしは海外は一度もないので今度ゆっくりお話を」

「お三方は来週には退院できそうですね。鬼山さんは再検査で食道にもポリープが」

「そんな……」

「胃のも良性だったし心配ありませんよ。疲れが出ているサインですし、小さい内に取っておいた方が」

「居心地が良すぎて、会社に行くのは気が引けるのが本音で」

「遠慮はいりませんからゆっくり。体のためにもタバコは控えめに……」

四元は三人に微笑み、締井に目配せするとさっそうと出て行った。ドアが閉まるのを見届けた鬼山が息をつき、丸椅子へ腰かけて毛の薄い頭をかく。ベッドの下から缶を出し、懲りずにライターをつけた。

「バレとったか」

「このにおいじゃ」

「また手術とは。お二人さんにはわしの分までバリバリ働いてもらうか」

「仕事の話はしない約束じゃ。院長さん俳優みたいですね。おいくつ？」

「今年で五十五」

「お若いですし、この時期にヨーロッパなんてセレブの典型。幸せ独り占め」

「わしなんか片田舎の自動車工場のせがれとして生まれ、工場も高一の時には倒産……」

「ご苦労を？」

「母とは小学生で死別して父も病弱で。高校もろくに通わずバイトで生活を支え、小さい兄弟の親代わりも。上京してからは大卒の奴には負けまいと、コンプレックス抱えて死にもの狂いで働きました。それで厳しいリストラから生き残れたのかも。三十五で見合い結婚して三十年ローンで郊外にマイホームを」

「中鉄の部長さんまでなられてご立派。判田さんはご家族は？」

「四人家族です。典型的なサラリーマン家庭」

「手色さんは？」

「院長さんと同じで一人っ子です。親は田舎出の公務員で、共働きですが」

手色は暗い表情でうつむき、鬼山は煙を吐いて締井の方を向いた。

「締井さんはなぜ牧師に？」

「お恥ずかしいんですが、鬼山さんとは逆に職を転々とした末」

「大学は？」

「早稲田の文学部です。哲学に興味があり大学院を出て、学究肌じゃないので出版社に。ただそこが売れそうなものしか出さないところで、出版するのは面白いだけの薄っぺらな話ばかりで。意見しても煙たがられて一年で辞表を。その後は教育にも関心があったので塾講師に。人間的なことも教えたかったんですが、受験に関係ないことは一切やるなと親からクレームが。信じていた塾長も、塾生数を増やして会社を大きくすることしか考えてなくて、大げんかして首に」

「大変でしたな。今の締井さんからはちょっと想像が」

「一本気で世間知らずで。現実の社会に幻滅してしまいそれからはもっと大変でした。世の中を良くするには人々を内面から変えるしかないし、自分が良い物を書いて訴えるしか。大それた考えで作家を目指し、妻に食べさせてもらいながら文学賞に応募し続けました。でも才能がない上に売れるものを書こうという気もなく、当然ですが落選続きで。本当に苦しい挫折の日々。生活の足しにとアルバイトも。仕事は選べませんし、スーパーや飲食店や新聞配達まで」

「かなりのご苦労を」

「すべて〈身から出た錆〉……でも〈捨てる神あれば拾う神あり〉で、知り合いのカレー屋で働いていた時にある牧師様に出会いまして。顔の見えない人たちに本を書くのもいい。だが顔の見える一人ひとりに自分の考えを伝えて行くのも大切なことではと。その言葉に目からうろこが落ち、齢《とし》も顧みず神学校へ通い牧師に転身を」

「波乱万丈の人生。わしもカレーが大好物なんですがどちらの店で」

「尾茶の水の〈スマトラ堂〉という店。そう言えば中鉄さんのすぐそば。社員の方もいらしてましたが」

「まさか、わしらの行きつけ」

「ほんとに世間は狭いですね」

「ウエイターの名物おじいさん知ってます？」

「接客の心得とか教えていただいた大先輩です。五十年以上ウエイター一筋」

「今度快気祝いでご一緒に」

「私もいまだに時々」

「あそこのカレーずいぶん食べてない。思い出すだけでよだれが」

手の甲で口を拭う判田の姿に三人は笑い、鬼山は真顔でため息をついた。

「かえすがえすも四元さんはうらやましい。わしなんか妻子を旅行へ連れてく余裕すら……」

「いいことばかりでも」

「離婚されて……慰謝料が一億円、養育費は月百万円。モデルの奥さんと一人娘を捨てて水商売の女を選んで。その人ともすぐ別れたとか」

「判田、どこからそんな話を」

「噂話が日課で」

「根はまじめな人間なんですが、女性だけは。人徳の厚かった先代も。二代目のボンボンではないんですが」

「血というものですか？」

「〈子は親の背中を見て育つ〉と……少し口を滑らせすぎました」

締井は聖書を開き、手色は新聞をめくる。鬼山は腰を上げて窓際へ行き、吸い込んだ煙を吐き出す。その背中が寂しげで、たなびく白煙の向こうで雨の公園が幻想的に見えた。

六

小鳥のさえずりに目を開けると、時計はまだ五時半過ぎ。三人は眠っていて、眠気を感じない判田はベッドを降りて外をのぞいた。矢川には影が差し、街並みに明かりがぽつぽつ灯る。テールランプが国道を進み、彼方にはシルエットの富士山が見える。待ちわびた退院の日も、この景色も最後かと思うと複雑な心境だった。空が白っぽくなるにつれ、林が緑色を帯びる。街の明かりが弱まり、富士山も青と白のグラデーションを取り戻した。手色が寝返りを打ち、こちらを見て大あくびする。締井も伸びをして起き上がり、眼鏡をかけて判田に微笑んだ。

「おはようございます」

「お早いお目覚め」

「富士山も見えるしいい天気」

鬼山は寝息をたてており、判田はカーテンを少し開ける。手色も布団をはいで話に加わった。

「三週間もあっという間。のんびりしすぎたし、社には戻りたくない気分」

「仕事も山積みだろうし、社会復帰できるかな」

「会社に戻るだけが人生ではないかも」

「サラリーマンですしそういうわけには」

「本当にそうですか？」

「どういう意味？　締井さんの話は難しくて」

「それなら少しまじめな話でも？」

「面白そうですね」

締井の方へ手色は身を乗り出し、判田もベッドの端に腰を下ろした。

「例えばこないだの事故で死んでしまったら、人生に悔いは？」

「やりたいこともいっぱいで悔いだらけ」

「やりたいことって？」

「おいしい物食べて、出世して綺麗な奥さんもらってマイホーム建てて。幸せな家庭を築いて海外旅行にも」

「話を変えますが、判田さんは何のために生きてるんでしょう？」

「そんなことわかるわけも……」

「人生で一番大切なものは？」

真顔で見つめられたが判田は答えられず、手色が物知り顔で口をはさむ。

「みんな金のために生きてるし、資本主義の世の中金さえあればなんでもできる。金で人を思うままにも」

「人並みに暮らせるだけのお金は大事です。でもどんなにため込んでも墓場までは持っていけませんし、人の本当の心はお金では買えない。そのために生きる価値が本当に？」

「地位や名誉や権力は？　政治家の先生方のように」

「成し遂げることの中身が大事で、上辺の地位や名誉だけでは飾りに過ぎない。国民に本当に尊敬されている政治家が何人いるでしょう？　権力だって苦労して手に入れても寿命は短く、いずれ奪い去られるだけ」

「そんなこと考えたってムダ。一度きりの人生楽しく生きられれば」

「私も楽しいことが大好きです。でも、楽しさを目標にする人生にいったい何の意味が？あぶくのように生まれて来ては、次の瞬間には消えてしまう。楽しさの繰り返しで人生を送ってきた方は、死の瞬間に何を考えるのか？　一度きりの人生に何かやり残したことがあるんじゃないか？　きっとそう後悔するんじゃ？」

「でも楽しさに夢中になっていれば嫌なことも忘れられるし。快楽やＳＥＸに狂ってしまう人だって」

「性欲も満たされる必要はありますが、満たされてしまえばそれだけ。楽しさで嫌なことを忘れられるのもつかの間」

「いっそ自分のためだけに生きるのは？　〈自分ファースト〉の人も多いし」

「若くて勢いのある間はまだしも、だれも相手にしてくれなくなる。いずれ孤独の闇に落ちるだけでは」

「逆に世のため人のために生きるのは？」

「とても大事なことです。でも人のためばかりに生きては自分の人生はいったいどうなって？」

「愛が全てだっていう人も」

「実り豊かな人生には愛が必要ですが、生きる目的とは別のものでは」

「家族とか子供とか家庭は」

「それも一つの幸せでしょうが、自分の命は家族や子供の命とは違います。まず自分自身の人生を生きないと」

「健康も大事」

「全ての基本ですが、どんなに健康でも、ダラダラと生きながらえるだけの人生では？」

世間一般の価値を締井ははねつけ、手色が皮肉な笑みで話を継いだ。

「『絆』って言葉もはやりましたし、友人のために生きるのは？　『走れメロス』のように」

「友人が人生を豊かにすることはあっても、根本は自分自身の生き方。暴虐な王にも屈しない生きざまに共鳴したからこそ、メロスとセリヌンティウスの友情が輝いたのでは」

「ノウムのように宗教にすがる人も。牧師さんに言うまでもありませんが」

「神や宗教の力は大きいですし、否定するつもりなどありません……でも私個人は、神を信じていないんです。私が信じているのは人間だけ。有限な命が営む世界に、絶対的存在なんかいない。神様が人を作ったのではなく、人が神様を作り上げた。最悪の宿命である『死の恐怖』から逃れようとして……」

締井は表情を変えずに秘密を暴露し、判田と手色は言葉を失う。背を向けていた鬼山が体を起こしてあぐらをかき、鋭い視線を締井に向けた。

「神を信じない牧師さんだったとは」

「鬼山さんはご信仰を？」

「いや、お恥ずかしながら」

「判田さんと手色さんは？」

「何も」

「僕も」

「たいていの日本の方々が無宗教。仏教も冠婚葬祭程度で、宗教として根付いてはいません。日本の方には心から信じられるものが何一つない。牧師という職業をしているだけで、私も心の空しい日本人の一人」

「わしは仕事がよりどころ。三十年間一サラリーマンとして会社を信じ、仕事のためだけに生きてきた」

「仕事が大切なのは言うまでもありません。ただその仕事が天職ならともかく、大半の方はあくまで義務として仕事をしているのでは？　特に若い方々は、金のためだけに最低限の仕事をこなしている方も多い……」

「わしらの世代は疑うことなく会社のために」

「会社というのは一握りの資本家の所有物。社員一人ひとりはオーナーが巨万の富を得るための道具に過ぎない。会社のため身を粉にして働き会社に一生をささげた方たちは、退職後は退職金を受け取るほか会社に何をしてもらえるのか？　定年で突然会社から放り出され、家では奥さんから邪魔者扱いされ、悩んでいらっしゃる方がたくさん。年功序列や終身雇用さえ過去の話に」

「わしは仕事人間だから、仕事が突然なくなったらそんな人生をたどるのかも……一昔前なら、国や主義主張のため命を散らした人もたくさん」

「国も主義主張も人のために作り出されたもので、人間がそのために生きるのでは本末転倒。適度な愛国心は大事でしょうが、国や主義主張のために戦争して命を落とすなんて悲しすぎます」

締井の言葉は上から目線の否定ばかりで、判田は嫌気がさしてきた。

「こんなことまじめに考えても、答なんか出るわけないし、時間のムダじゃ？　複雑に考えなくても、みんな幸せを求めて生きてると思う」

「『幸せ』って、具体的には？」

「お金が沢山あって、立派に出世して、綺麗な奥さんもらって、大きな家に住んで、かわいい子供を育てて、かっこいい車に乗って、うまい物たくさん食べて、休みには家族で海外旅行にでも。安定した豊かな生活、いわゆるセレブってやつ、それが一番幸せなんじゃ。離婚はしてますけど院長さんみたいな暮らし」

「ホームレスのシーさんは幸せですか？」

「幸せなわけ……不幸のどん底でかろうじて生きてる」

「四元さんですよ」

「えっ……」

「実はシーさんは、四元院長の仮の姿……」

七

判田は締井の言葉が飲み込めず、鬼山と手色もきょとんとしている。

「あのホームレスが院長さんだなんて……人が悪いご冗談を……」

「彼もあなた方を命の恩人と。だから本当のことをお話ししようと思いますが、秘密を守っていただけますか？」

信じられない気持ちの判田は、締井の真顔にうながされ、二人と共にうなずく。廊下に人の気配がし、締井は声を落として話し始めた。

「長い話になりますし、不愉快なこともあるでしょうが、あくまで彼個人の考え方ということで。彼の生まれは、森のような庭にプールやテニスコートまである瀬田谷《せたがや》の豪邸。食事はお抱えのシェフが日替わりで作るメニュー。大勢のメイドにお世話され、衣服もオーダーメイドで贅沢そのものの暮らし。好奇心が人一倍旺盛だったので、女性だけでなくあらゆる遊びに一流を求めて。学生時代からフェラーリやポルシェを乗り回し、スポーツも万能でテニスはプロ顔負けの腕前。大学の卒業旅行は豪華客船で恋人と世界一周。結婚を機に南の島のリゾート地を買いあげて大別荘を建て、クルーザーを駆って家族や友人たちとロングバカンス。専用の発着場まで作ってセスナで周りの島々を飛び回る。四十歳の誕生日にはオーケストラを海外から招いてサッポロホールでバースデーコンサートを。有力者を集めて曲のリクエストまで受け、玄人はだしのヴァイオリンで演奏に飛び入り。人がうらやむ最高の享楽をやり尽くした人間だと思います。でも四十五過ぎて離婚したのをきっかけに、そんな享楽的な人生に突然空しさを感じたそうです。大病院の院長として死を繰り返し見てきたこともあったのかも。死ぬまでこんな人生を繰り返して本当に良いのか？　こんな刹那的な生き方より人間らしい生き方が、ほかにあるんじゃないか？　親に敷かれたレールの上を、何も考えずに突っ走って来ただけじゃないか？　どのように生きたら本当に幸せなのかと、人生を一から、医者という職業まで疑り始めるように。英才教育を受け遊びだけでなく仕事にも熱心な人間でしたから、経営だけでなく診療もあまりに忙しすぎて考える余裕すらなかったようで。人として本当に幸せな人生とは？　ベストセラーを読み漁《あさ》ってもどれも答えてくれない。広大な世界のどこかにはと海外の隅々まで旅していました。目新しいものはあるし好奇心も満たされるがその場限りのこと。自分の血が駆り立てられることも、本当に心が休まる場所もない。自分が求める本当の幸せとはやはり違うと。セレブな人生に疲れてしまったのか……」

締井は握りこぶしにごほんと咳払いした。

「それから十年。確かな答えはまだですが、ヒントはつかんだようです。ヒマラヤを訪れた際、貧しいながらものびのび過ごす未開の人の暮らしに触れ、今の生活をさらに疑うように。テレビ、携帯電話、パソコンどころか、電気もガスも水道もない。物質的には都会と比べようがないほど遅れているが、みんな楽しそうに暮らしてるし、一人ひとりの顔が輝いて見えるのはなぜだろう？　大自然に抱かれ、広々した土地でゆったりしたリズムで、自給自足の毎日を楽しんでいる。コンクリートジャングルで忙しい仕事に追われて生きるストレスなど一切ない。大量の人間が狭苦しいスペースに押し込まれる都市生活とは違い、心がギスギスしていない。人間関係のストレスもないし、いさかいに巻き込まれて心悩まされたりもしない。発展した都市での文明生活と比べ、どちらが人として豊かな生き方なのか？　同じ時代を生きる人生だが、人として本当に幸せな人生はどちらの方なんだろうと……」

院長とホームレスが同一人物とはまだ信じられないが、判田は好奇心を刺激されて締井の話に耳を傾ける。鬼山はまじめな顔で丸椅子に座り、タバコに火をつけた。煙が吐き出されるのを見てから締井は口を開く。

「何でも徹底した人間ですし、一度疑い出すと全てを疑わないと気が済まない性分。鉄筋コンクリートの病院で仕事に忙殺される毎日。無機質なパソコンと向き合い、難しい手術に悩まされる。携帯電話に追われ、些細な用事まで即座に対応しなければならない。休みに出かけても長蛇の渋滞で、周りの車と抜きつ抜かれつを繰り返し、長時間の運転だけで疲れてしまう。公園、テーマパーク、映画館、コンサートホール、ショッピングモール、レストラン、カフェやバー。どこへ行っても人があふれかえり、人気スポットは長い順番待ち。気持ちを休めるどころか、人混みがストレスに。地面の隅々までアスファルトで覆われ、土や緑はわずかで、小鳥や昆虫も珍しく、季節感もない。少ない自然を破壊して、高層ビルが飽くことなく建てられる。肺が黒くなりそうな排気ガスを吸わされ、川や海の水も汚れているし、水道の水は薬臭い。ゴミ置き場には汚物が山積みされ、生ゴミをカラスが食い散らかした後に悪臭が漂う。密集した空間をほこり、花粉や新型コロナのようなウイルスが飛び交い、花粉症、アトピーや色んな病気を引き起こしている。温暖化で猛暑が続き熱帯のように暑苦しいし、外にいるだけで汗まみれに。エアコンがないと眠れず、冷房病なのか体がだるい。狭い日本のさらに狭い一か所に、次から次へと人が集まってきて街を埋め尽くし、みんなストレスをため込んで生きている。東京には絶望した。東京は人の住むところじゃないのではと……」

「東京への絶望ですか？」

ため息と共にタバコのけむを吐き出す鬼山を、締井はちらっと見る。

「そして、肋本木ヒルズに別宅まで持っているのに、生き甲斐を見つけたと言って、春と秋にホームレス生活を……ネクタイを取ってよれよれの服装になり、行きたいところへ足を向ける。腕時計も外して気ままに街をさまよい、携帯での呼び出しもなければ分刻みのスケジュールに追われることもない。大院長としての重荷も下ろせ、カッコをつける必要もなく、日常生活のストレスから解放される。公園の緑に包まれ風に吹かれてきれいな空気を吸っていると、ありのままの自分になれる。裸の人間として生きていることを実感できるそうですよ。そこまでして東京に居続けるのは自己矛盾。自然にあふれて人も少ないところならいくらでもありますが、遠出は行き来だけで疲れてしまうし現地の人と接するのもめんどくさいと。近いところで田舎暮らしでもと勧めても、豪華な別荘では普段の延長で、ホームレスだからこそ誰にも相手にされないし人の目も意識せずに済む。気づかいや気苦労もなく完全に自由なんだと。仕事を捨てる決心もつかないようで、中途半端でも〈東京でのスローライフ〉が一番と。ホームレスでいると人間の裏の姿が見えて面白いとも。無愛想だったハイミスの看護師長が、心配して会うたびに声をかけてくれる。自分にこびへつらっている人気若手医師が、『死ね、乞食』と唾を吐きかけてくるとか」

　判田はあっけにとられたが、顔形も違うホームレスと四元が同一人物とは受け入れがたい。

「どこをどう見ても別人」

「特殊メークやスタイリングの他、足が不自由な演技や声色を変える訓練まで。顔が広い著名人ですし、何から何まで徹底した人間ですので。副院長以外誰も知らない秘密ですが、変身に自信があるのか病院をのぞきに来ることも。寒い日は国文寺駅の片隅で寝起きしていて声をかけることが。あの日は風邪をこじらせて熱が上がったようで、助けを求められてここまで連れてくることに。あの格好ではタクシーも無理で、秘密があるので救急車も呼べない。副院長を三高まで来させるのが早いというので、一駅だけならとライナーに乗り込んだところへあなた方とお会いして。座れたこともあってか彼は無傷で済みましたが、大ケガでもして入院だったら秘密もバレてしまっていたに違いない。代わりにケガされたあなた方は命の恩人だと言ってここにお連れしたんです……人生というのは不思議なもの。人に羨まれるほど裕福でも幸せとは限りません。セレブな生活なんて、そのために生きる価値が本当にあるんでしょうか？」

八

締井が言葉を止めると病室が静まり返る。『王様と乞食』のような二面性は驚きだが、ここまで聞かされては……沈黙に耐えられず、判田はカーテンを半分開け、薄明かりの部屋に光が射す。息苦しさを感じて窓も開けると、すきま風がレースのカーテンをなびかせる。長くなった灰を、鬼山は手のひらを返して吸い殻ごと空き缶に落とし、二本目に火をつけるライターの音が響く。

「じゃあ何のために生きれば？　締井さんはいったい何のために？」

「『本当の自分』のためです」

「本当の自分？」

「人生が充実していると感じたことは？」

「仕事に追われてますし、プライベートでもほとんど。彼女いない歴も三年だし。テニスに夢中だった学生時代にはあったかも」

「どんな時？」

「すごく厳しい部で、無茶な基礎トレとかやらされて、苦しくてたまらなくて、何度もやめようかと。テニスが大好きだから頑張って続けてたら、一回もできなかった腕立て伏せが何百回もできるように。高二の夏合宿で下級生に腕立てをやらせてるとき、体が上がらなくなっても諦めず、顔を真っ赤にして苦しんでいる小さな部員が昔の自分とダブって見えて。この苦しみをいつの間にか乗り越えてここに立っていると思った瞬間、『がんばれー』と大声をかけながら目に熱いものが……」

「自分の全てをかけて打ちこんでいるとき、人間の命は熱く燃え上がって充実するんです。楽ではない人生を通して、本当にやりたいことでなければ、頑張って打ちこむこともできません。だから本当の自分とは、『自分が本当にやりたいこと』。ただやりたいことを好き勝手にやるのではなく、本当に好きと同時に、『世のため人のためになること』じゃないと。人は一人では生きて行けないし、人の役に立つことをして感謝された時の喜びは他には代えがたいもの。世のため人のためになるからこそ、やりがいを見出すことができるのです。あと今の方は苦しいことをとにかく避けようとするし、失敗も恐れるせいかすぐ手が届く夢しか持たない方が多い。でも人生一度なら、小さな夢より大きな夢の方がいい。大きな夢のためには苦しみも避けられませんが、追い求める時の充実感は大きいですし、達成した夢は、肉体が滅びた後も自分の存在の証しとして生き残っていける。実現できなくては仕方ないので、『自分にも実現できる程度の夢』が良い。だから『本当の自分』とは、『本当にやりたくて、世のため人のためにもなり、実現できる大きな夢』」

まだ漠然としすぎる話に、判田は首をかしげる。

「締井さんの『本当の自分』っていったい何ですか？」

「話を変えますが、今の方々が一番嫌うものを三つ挙げるとしたら？」

「俺は孤独と退屈かな？　もう一つは……」

「わしはこの年だし、一番嫌なのは死ぬことか」

「私も、現代の方々が最も嫌うのは、『退屈』と『孤独』と『死の恐怖』だと思います。日本の方々は大抵無宗教で、死の恐怖を克服できる民族固有の価値観もありません。どこか空しい心の方々は、三つから逃れられる『楽しさ』を追い求め、社会には『ただ楽しければそれでいい人生』ばかりがあふれているようです。私自身大学に入った頃は、周りに合わせるようにそんな生き方をしていました。でも楽しさは簡単に手に入れられますが、あぶくのように生まれては一瞬で消えてしまいます。飲み会でも人との和を感じてつながりも深まった気もしますが、熱気と狂騒の後にはそれ以外何も残っていない。逃れたと思った退屈も孤独も死の恐怖も忘れていただけで、すぐ戻ってきて自分を苦しめる。私は『ただ楽しければそれでいい人生』に空しさを感じ始めました。楽しさに満足できなくなった私は、なぜ周りの方々が楽しさばかりを追い求めるのかも分からなくなって孤立し、授業で哲学と出会って人生について考え始めました。世間知らずだった私は、怠惰だから楽することを選び、楽しさばかりにやっきになって生きる目標さえ見失ってしまうんだと、他の方々を見下ろすように。物質的にめぐまれた社会で周りに流され、何の目標もないまま楽しいことだけを追い駆けて生きている人生を軽蔑しました。『人としてより良い生き方』を探して卒業後には作家を目指し、『本当の自分』という価値に何年もかかってたどり着きました。『本当の自分』すなわち『本当にやりたくて、世のため人のためにもなり、実現できる大きな夢』を追いかけて生きる時、人間の命は燃え上がって退屈などとは無縁ですし、孤独も吹き飛んでしまいます。世のため人のために達成した本当の自分は、命絶えた後も代わりに世の中を生き続けられるという心の安らぎも得られます。本当の自分を追い求める人生こそ、宗教に頼らず楽しさにも逃げずに、退屈と孤独と死の恐怖を自身の力で打ち負かして行ける、一番良い生き方だと信じるように。それに人は、つき合う人は変えられても、自分自身であることは一生変えられない。だから『本当の自分』は、一人ひとりの人にとって、人生最大の真実だと思うんです。」

長い間話し続けている締井は、ごほごほと乾いた咳をこぼす。

「その後は執筆を続け、文学賞を受賞して日本という国を良くすることを、『本当の自分』と考えて生きてきました。でも人生甘くなく、落ち続けて十年経ち十五年経ち、それでも期待が膨らむ発表の日に落選するたびに、もうやめてしまおう、本当の自分なんか捨てて楽になり、他の方と同じように楽しく生きて行けばいいんじゃないかと考えるように。現実の世界を認めてしまうのは簡単なことでしたし、そうした方がどんなに楽だろうと……私は見知らぬ街をさまようさすらい人。夜風に凍えて一軒の家の前に立ち止まり、暖炉の前のパーティーの様子をぼんやり眺めている。つまらない意地なんかはるのはやめ、暖かなドアを開けて中へ入ってしまえばきっとみんなも微笑んでくれる。踏み出す一歩は自分を変えること。大きな夢など捨てて楽しいことだけを追い求めるよう生き方を変えてしまえばいい。大げさに考えずとも学生時代に戻り、周りに合わせて楽しく生きて行けばいいだけのこと。ノブに手をかけた瞬間、心の奥底にある何かがカタンと音を立てる。やっぱり『本当の自分』を捨てられないし、一度きりの命が楽しければそれでいい日々の果てに突然終わってしまうのも納得行かない。私はため息をついて暖かな家を後にし、薄暗い坂道を独り上って行く……私は人づきあいの良い人間ですし、楽しいことも大好きです。でも同時に『他の人とは変わっていたい』という気持ちがどうしてもありますし、不器用な生き方しかできない変わり者なんでしょう。私の個性である本当の自分をひた向きに追いかけ、今日息絶えるとしても悔いの残らない毎日を送りたい。私は他の方々にも、『本当の自分』を追いかけて生きていただきたい。本当の自分を追い求めている方もおられるでしょうが、まだまだ少ない気がしますし、普通の方にこそ本当の自分を追いかけて欲しい。それぞれの社会で一人ひとりが大きな夢を目指し、それぞれの個性が輝くような生き方をする。真に充実した人生が咲き乱れる、色とりどりの花園のような社会を作りたいし、日本をそんな国にしたいと願っています」

締井は目を潤ませて語り続け、眼鏡をはずしてまぶたをこする。判田はやはり難しすぎると感じつつ、日本にもこんな哲学者のような人がいるのかと意外に思った。

「長いこと考え続けた末、楽しさばかりに夢中になっている方々を見下ろしていた自分は、傲慢だったと反省しています。日本の方々は、コンクリートジャングルに詰め込まれた都市で、生活のために続けて行くしかない仕事と人間関係のストレスに疲弊し切っています。そんなストレスを癒してくれるのが楽しさという価値で、友人と楽しい時間を過ごしていれば、嫌なことも忘れられ、違いを感じることもなく暖かな絆も感じられる。敗戦の焼け野原から復興に取り組んでくださった方々の努力のおかげで日本は高度経済成長を成し遂げ、物質的に格段豊かになりましたが、その先の目標を見失ってしまっている。生きる目標も定まらない都市生活で、孤立しがちな日本の方々をつなぐ唯一共通の価値観、それが『楽しさ』なのかもしれません。日本の方たちは怠惰なわけではなく勤勉な方々だし、好き好んで『ただ楽しければそれでいい人生』に流れているわけでもない。仕事に追われ続けるストレスを癒やし、寂しい心を埋めようとして、日本には確かな『価値観』や『生きる目標』がないから仕方なく、『楽しさ』という価値を信じて生きているに過ぎないんだと悟ったんです」

判田は水さしの水をグラスに注いで渡し、締井は笑顔で口をつけて話を続けた。

「恋人や友人たちと楽しさをやり取りしながら、愛情や絆を深めていくのも大切なことでしょう。でも人生をその繰り返しで終えてしまうのではなくて、一人ひとりの方にしっかりとした『自分』を持っていただきたい。『人生で本当に大切なもの、心から信じられるものは何なのか？』『どんな生き方をしたらより幸せな人生を送れるのか？』。一人ひとりの方に人生を見つめ直し、楽しさとは違う自分なりの価値観を築き、『本当の自分』という人生の目標をつかんでほしい。物質的進歩の陰で疎《おろそ》かにされてきた精神的進歩をしていただき、物質的には豊かになった日本を人間的に豊かな国にしていきたい。誰もが自分なりの夢を持ち、それぞれの夢に向けて元気に頑張って行ける、もっといい国に日本をしていきたいし、それが私の『本当の自分』です。ただこんなことを書き続けても面白くもない話ですし、私の文章も未熟だったためか、文学賞を受賞する方法では本当の自分を実現できなかった。そこで牧師の道を選び、縁あって出会う方々に、本当の自分についての考えを自分の言葉で語り掛けて行こうと決めました。一人ひとりの方に話しかけ一つひとつの心に訴えかけ続け、いつか私の『本当の自分』を実現したいと願っています」

九

締井がなぜこんな話を始めたのか判田はわかった気がする。手色は不機嫌そうにそっぽを向き、鬼山は暗い表情でうつむいたままだった。

「締井さんの『本当の自分』は何となく。本当にやりたくて、世のため人のためにもなり、実現できる大きな夢。これまで考えたことさえなかったたし、『本当の自分』が俺にも見つかるのか？」

「僕も自分だけの夢を探してみたことが。でも僕もそうですが、一部の金持ち以外は仕事に追われ続け、大きな夢を持つことさえ難しい。その夢を叶えることなんかとても無理」

「『本当の自分』は、さがしても簡単に見つかるものではないでしょう。自由、民主、平等、平和、人類の普遍的な価値は達成し尽くされたようにも。本当の自分は真理のように絶対的なものではなく、一人ひとりの中に個別にあり、形も中身も違います。一人ひとりが一から追い求めて行くものですが、さまざまな情報が氾濫する現代社会では本当に良いものの取捨選択が困難で、大きな夢の設定自体が難しい。長い試行錯誤の末に、本当の自分を見極められるのでしょう。でも『本当の自分』は一人ひとりの中に必ずある。だから認めてもらいたいあまり、人生を楽しさだけで満足してしまってはいけない。認めてもらいたいエネルギーを好きなことにぶつける時、無限大の力が湧き出て来る。本当にやりたいことも見えて来て、それこそが一人ひとりの『本当の自分』。本当の自分は探して見つけるものではなく、人生と戦いながら生み出していくものなのかも。現状に満足すれば社会は腐ってしまうし、必要なことはまだやり尽くされてはいません。この日本を良くしていくために、われわれ日本人一人ひとりがやらねばならないことは山のようにあるのです」

納得の行かない表情で舌打ちする手色を、締井は横目で見た。

「何とか見定めた『本当の自分』を実現する道のりも平たんな道ではないでしょう。努力を積み重ねる必要があるし、幾多の苦難が待ち構えているはず。でも自分の好きなことになら喜びを感じつつまじめに取り組めます。一日一日を充実させながら打ち込んでいれば大きな夢も必ず実現できる。日々のくらしのために本当の自分を手放してしまう方も多いかもしれない。でも逃げるのはやめ、勇気をもって踏み出すべきです。世のため人のためになることをやっていれば、誰かがきっと認めてくれますし、生きて行くのに必要なお金も必ずついてきます。一人の人間としてかけがえない命を授かりながら、本当にやりたいことの一つもやり通せないのでは、命がもったいないのでは？『意志あるところに道は開ける』。志さえあれば幾つになっても遅すぎることもない。私も苦労を重ねて五十の半ばになりようやく本当の自分へ近づいている実感がします。大げさ過ぎたかもしれませんが、そう深刻になることも、ストイックになる必要もない。『本当の自分』と『楽しさ』は両立できるし、楽しさで疲れを癒しながら、本当の自分に向かってマイペースで進んで行けばいい。仕事をやめて新しい本当の自分に取り組む方、仕事を続けながら本当の自分を追い求める方、仕事の中に本当の自分を探す方、『本当の自分』の形も人それぞれ。終わりのない道はなく、自分にできるやり方で進んで行けばきっと栄光のゴールへたどり着ける。一昔前の言葉ですが『ネバー・ギブアップ』。本当の自分は誰でもいつでも夢見れるし、粘り強く求め続けていればいつの日にか必ず実現できる。だから何があっても絶対あきらめてはいけない。私は固く信じています」

締井は潤んだ瞳で訴えかけ続け、三人の顔を順番に見つめた。判田の体を熱い流れが伝い、自分も『本当の自分』をつかむことができるかもしれないと思い始めた。ノックの音が響き、女性看護師が配膳車を運んでくる。カーテンを開けて回ると、東側の窓では朝日が昇り、部屋中に光が行きわたる。鬼山は火のついたタバコを指に挟んだまま座り込み、呆れて注意する看護師の言葉も耳に入らないようだ。一瞥《いちべつ》した手色が皮肉な笑みを浮かべ、看護師から渡された朝刊を冷たい目で読み出した。食事を並べながら声をかける看護師と、締井は穏やかな笑顔で世間話を始める。神を信じない牧師、ホームレスに変身する病院長、誰もが憧れる東京への絶望、そして『本当の自分』。本当にやりたくて、世のため人のためにもなり、実現できる大きな夢……ベッドに腰を下ろしたままの判田の頭を締井の言葉が渦巻き、色とりどりの料理を見ても食欲が湧かなかった。

十

沈黙の流れる部屋へ四元が姿を現し、判田は動揺を隠してあいさつする。秘密がばれているとは知らず、愛想良く話しかけてきた。

「退院の日に良い天気。皆さんの心がけが」

ひげもじゃの赤ら顔が脳裏をよぎり、似ても似つかない顔を判田は見つめる。

「私の顔に何か？」

「ついぼーっと」

「朝ごはんの食べ過ぎですか？」

四元の笑顔から判田は視線をそらし、咳払いする締井を見て手色が苦笑いした。

「お三方は順調のようで。鬼山さんにはもう少し我慢いただいて」

「社より格段居心地がいいですから」

「事故からもう三週間。あのホームレスの人は？」

衝動を抑え切れず判田はかまをかける。瞳に影が差した気はしたが、四元の表情は変わらなかった。

「最近見かけませんね。会社も鬼山さんを必要とする頃じゃ」

締井は判田に目配せしてから鬼山に話を戻した。

「くたびれたロートルより、ぴちぴちの二人が戻りますから」

微笑を浮かべる四元には動揺のかけらもなく、話題は世界一周旅行に変わる。北欧でのオーロラから南極でのペンギンとの遭遇まで興味深い話に引き込まれ、ホームレスのイメージが遠のいて行く。四元は別れを告げ、真っ白い歯をこぼして部屋を出てゆく。締井は息をつきながら秘密について念を押し、教会へ行くとのことで身支度を整えた。スマトラ堂での再会を約束して室内を見渡し、松葉づえをついて去った。判田は考えのまとまらない頭で荷物をまとめ、絆創膏がついた髪形を整える。手色は包帯の巻かれた右腕をぎこちなく袖に通し、帰り支度を終えた二人を鬼山が手招きした。隣のベッドに腰かけた判田は山のような指示を受け、憂鬱がのしかかってくる。鬼山は指示を終えると空き缶から上る白煙を見つめ、普段見せない寂しげな表情だった。

「これで一安心だが……締井さんの話は……」

「俺にはまだ信じられない」

「秘密という約束だろ。『本当の自分』は？」

「今まで大きな夢なんか持たずに生きてきたし」

「理屈としては分かりますが、現実の世界は違う。絵空事に過ぎない」

「思えばこの三十年、わしはほんとに会社一筋の人生を送って来た。休みもとらんで朝から晩まで仕事、仕事、また仕事。高卒で入った時は必死だったし周りに負けまいとがむしゃらに。家内や娘のことなどかまってやれんかったし、歌にもあったが毎日鉄板の上で焼かれる鯛焼きのように。どうすることもできずにこの年まで」

「今や人もうらやむ中鉄の部長。鬼山さんは仕事では神様みたいな存在ですよ」

鬼山はあぐらをとき、立てかけた枕にもたれかかる。くわえたタバコに判田がライターの火をつけたが、白い煙を吐く顔は老け込んで見えた。

「実は、わしはガンなんだ」

「ポリープは良性じゃ？」

「それで通そうかと思っていたが」

「早期発見なら。ここのガン治療は全国でも一、二を争うほど」

「全身に転移してるみたいだ。自分の体は自分が一番よく分かるし……四元さんに呼ばれた後、家内の様子が変で、問い詰めたらスキルスって言葉をぽろっと」

「スキルス？」

「わしも初めて耳にしたが。それ以上はどうしても言わんので調べてみたら、進行性のガン……」

「手術すれば……」

「進行が速すぎて無理。四元さんもごまかそうとしとるが、もって半年」

「そんなことあるわけ……」

「二か月くらい前から胃に激痛が。医者に行こうと思っとった時にあの事故に。同じ痛みが胸や喉にも……」

鬼山は力のない声で話し、長いタバコをもみ消す。手色は微動だにせず、食欲のない様子が思い当たった判田は身震いした。

「次長がうまくやってくれとるし、仕事に未練はない。会社の歯車にすぎんことはよく分かっとるし、わしの代わりなんていくらでもいる。ただ近頃、本当にやりたいことをまだやっとらん気が。さっきの話を聞いていろいろ思い出して……わしは小さい頃から絵が好きで、暇さえあれば絵ばっかり描いとった。画用紙なんか高くて買えんのでチラシの裏を使って。近所の塀に大きな落書きをして大目玉を食らったことも。知れ渡るほどの悪ガキで勉強は大嫌いだったが、絵だけは自信があったし、宿題で書いた母の似顔絵が展覧会で入選したことも。成績が悪くて怒ってばっかりの母が、その時だけは優しく頭をなでてくれた。生まれて初めてもらった賞状を額縁に入れて居間の目に付くところに掛けて。嬉しそうに見上げる母の笑顔は心に焼き付いとる。そのあと突然亡くなってしまったから……修学旅行でも美術館でゴッホの展覧会をやっとって、ひまわりの絵には度肝を抜かれた。デコボコしてる絵なんか初めてだし、キャンバスへ込められた魂というか、圧倒されたって感じで。どうしたらこんな絵が描けるのか、一時間ずっと見続けてその場を離れられんかった。友だちは呆れとったけどな……パンフレットで知ったゴッホの生涯にもあこがれてわしは画家になろうと決めたんだ。こんな風に人を感動させられる絵を、自分も描いてみたいと思って。だがしばらくして工場が倒産して、家族の生活のためには諦めるしか……それ以来描くのをやめてしまったし、ずっと忘れとったけど、久しぶりに思い出した」

鬼山のギョロ目に、あふれそうなほど涙がたまっている。

「命が残りあとわずかと思うと、今の話はほんとに身に染みる。ただ一度きりの人生なら、本当にやりたいことをやってから。〈虎は死んで皮を残す〉というが、わしだって何か一つくらいは。わしにとっての『本当の自分』、それは絵しかない。だから残された人生わしは思う存分絵を描こうと思う。描いてみたいものもあるし、わしにしか描けんものを……」

鬼山はため息をつき、判田の目に涙がにじむ。

「そんな顔をするな。変な言い方だが逆に希望が湧いてきた。事故に遭わずにサラリーマン生活を続けとれば、本当の自分なんか考えるチャンスもないまま終わっとった。これも何かの運命、あと半年はあるし、病気にむしろ感謝すべきか。ローンも公庫だから保険がきくし生命保険だけは十分入っとる。娘が心配だが、わしに似ず利口な子だし家内がきっとしっかり……お前らは明日から仕事があるし」

鬼山は上司の顔に戻って二人を促した。手色はベッドから立ち上がったが、判田はなかなか腰が上がらない。

「この話は他言無用だし、見舞いなんか来るなよ。わしは絶対会わんからな。そんな暇があったら休んだ分を取り戻せ。お前らは若いんだしまだまだ苦労せんと……絵が完成したらわしの方から連絡する。最後にもう一つ宿題だ。お前らの『本当の自分』を考えてこい」

「お大事に……」

手色が蚊の鳴くような声を鬼山にかけ、鬼山の話を判田はまだ信じたくない。

「ダメと決まったわけじゃないですし、鬼山さんのパワーがあればガンなんか」

「日本一の四元さんがついとるし、これが笑い話になるよう頑張るつもりだ。締井さんとカレーを食べる約束も……」

鬼山は言葉を詰まらせ、熱いものがこみ上げてきた判田も、立ち上がって頭を下げる。後ろ髪を引かれる思いで手色の背中に続き、もう一度振り返ったが鬼山は外に目を向けている。唇をかみしめた横顔で、遠くの大空をぼんやり見ていた。

十一

雲一つない空だが風が強く、冷えた体が凍えてくる。バスが行ったばかりで歩くことにしたが、退院の解放感はせず、無言で進める足が重い。病院を抜け出して鬼山と入ったことのある〈バグ・ザ・カフェ〉の看板が見えてくる。コーヒーが飲みたくなって手色を誘い、地下への階段をうつろな気持ちで降りた。ステンドグラスが入った扉を押し開け、重厚な黒い柱がこぢんまりした店を支えている。壁はしっくい、フローリングの床は年代を感じさせ、アンティーク調のテーブルが並んでいる。ムードを出すためか照明を落としており、店内の薄暗さが気になる。カウンターに客が一人いるだけで、落ち着ける左奥のソファー席に腰を下ろした。メニューを見ずに手色はカプチーノを、判田はエスプレッソを頼む。氷水に口をつけると思わずため息が漏れた。

「まさかガンなんて。食欲がないとは思ってたけど」

「スキルスだとしたらもう……」

「そんなに重いのか？」

「手術してもたいてい手遅れ。親戚にもいたけどあっという間だったよ。四十になったばかりなのに若いと余計……」

沈黙が二人を包み、ショパンのノクターンが大きく響いた。

「院長さんも。人もうらやむセレブの典型なのに、何が不満で？　離婚かな？」

「離婚する人なんてくさるほどいるし、金持ちのぜいたくな悩みじゃ」

「大金持ちがホームレスか。まだ信じられないし、あのひげもじゃとは全然違う」

「ホームレスにしてはにおいもしなかったし、目の感じだけは似てるかも」

「瞳の色も違うよな」

「色付きのコンタクトもあるし」

「そこまでしてどうして？」

「セレブな人生に疲れたみたいだけど、代わってあげたいよ」

「『東京に絶望した』ってのは？」

「コンクリートジャングルで人は多すぎだし、仕事はものすごく忙しい。ストレスがたまって時々何もかも嫌になるけど」

「でもヒマラヤの方が幸せなんて。東京は楽しいものにあふれてて、こんな遊びやすいとこ他にはないし、みんな東京が一番って思ってるから集まってくる。田舎なんか不便で退屈なだけだろ。仕事も少ないみたいだし」

「実家が荊木《いばらき》だけど駅近くもシャッター街だよ」

長髪のウエイトレスが、無地のカップと金縁模様のカップを細長い指でテーブルに置く。

ミルクをたっぷり入れたエスプレッソを判田はいつもより苦く感じた。手色はスプーン代わりのシナモンスティックでコーヒーをかきまぜ、その先をかじる。

「締井さんの話は？」

「神を信じない牧師か」

「神への冒瀆《ぼうとく》だし、信者にも失礼。牧師にならなくても考えは伝えられるだろうし」

「牧師の方が話をしやすいんじゃや？　信者たちには違う話し方をしてるんだろうし。人ってのは見かけじゃ分からないし、人生まで分からなく」

「『本当の自分』は？」

「哲学みたいな話はやっぱり無理かも」

「〈少年よ大志を抱け〉ってとこかな」

「クラーク博士？　北海道で銅像は見たな。お前の大志は？」

「その台詞にあこがれて探してみたことも。でも、やりたいことを自由にやれる環境に恵まれている人なんて一握り。生きてくためには金を稼がなきゃならないし、家族とかしがらみもある。『本当の自分』なんてたいていの人には追いかけられずに夢のまま終わる。恵まれた人にとってのきれいごとに過ぎないし、日本を良くするとかいう話も大言壮語としか思えない」

「大きな夢なんか持っても大変なだけ。苦しい思いをするのも嫌だし。それならどうせ一度の人生、みんなと同じように考えずに楽しく生きた方が幸せ」

「そんな生き方を死ぬまで続けるのも空しいかも」

「死ぬことなんて考えたって仕方ない。どうすることもできないし」

「どんなに忘れようとしても必ずいつかは……その時にどう思うか？」

「鬼山さんもあの話がよく分かるって。そう言えば宿題も」

「多分採点するどころじゃ……」

皮肉すぎる言葉に、三週間も同じ部屋にいたのに打ち解けられないものを感じる。砂糖を山盛り入れたミルクティーをすする鬼山の姿が懐かしく、悲しげな横顔を思い出して胸が痛んだ。シナモンスティックの先っぽを手色は熱心にかじり、冷たい目つきを眺めるうち判田は死の瞬間を想像する……『本当の自分』。本当にやりたくて、世のためにも人のためにもなり、実現できる大きな夢。孤独や退屈や死の恐怖を自身の力で打ち負かせる生き方。締井の言葉がまた頭に浮かび、冷めたエスプレッソに口をつけてため息をついた。

十二

三週間ぶりの自宅は母親が整頓してくれた以外変わらず、判田は時間が止まっているように感じた。暗くなるまでテレビを眺め、食欲もなくカップラーメンの夕食を取る。ネットサーフィンをして、ラインとメールに返事を打つと早めに布団に入った。ショックがおさまらず、まとまらない考えが頭をうごめき、出社の緊張もあってなかなか眠れない……

たまった仕事を考え、一時間以上早く出社する。ビルはまだシーンとしていて、判田は七階でエレベーターを降りてドアの前に久しぶりに立つ。電気はついているが物音ひとつせず、ノブを引くとがらんとした部屋で次長が書類に目を通している。

「おはようございます」

「社も大変な状況だし、遅れた分しっかり……」

頭でっかちで頬のこけた顔がすぐ伏せられた。判田は山積みの書類に目を通し、すぐにやるべき仕事とそうでないものに区分けする。他の社員も出社してきて、事故でケガした同僚もいたが、一言二言言葉を交わすぐらい。パソコンにも未読のメールがたまっていて、深いため息をつく……

頭は時差ボケのようだし、無理なノルマに休んだ分がのしかかる。会社への不安感も強く、土日も返上せざるを得ないし、さらに忙しくなったサラリーマン生活を晴れない心で続けた。次長は鬼山とは対照的で、『根暗』と陰口をたたかれるほど人間味が薄い。ミスをすると嫌味を言われ、やりがいがあるわけでもない業務を無味乾燥に感じた。怒鳴られても鬼山の方が愛のムチを感じたし、別れ際の横顔を思い出す。友だちと飲みに行ってバカ騒ぎしても、そんな自分を見つめているもう一人の自分がいて心から楽しめない。『本当の自分』という言葉も頭に浮かんだが、あわただしい時間に追いかけられて考えるひまなどなかった……

鬼山の休職が続くうち、心配の声が広がる。鬼山は面会を拒絶しているようで、判田と手色もお茶を濁すことしか言えない。九月に入ると鬼山は過労のため長期療養が必要と発表され、次長が部長席に移る。鬼山不在が当然の空気になり、事故の記憶も薄れたのかうわさも出なくなった。やり切れない思いの判田に対し、手色は次長の方が肌が合うのか生き生き仕事をしている。面会に行ってみようと持ち掛けてもはねつけられた。通勤も別々になり、スマトラ堂のカレーも独りで食べに行くだけ。おいしかったが三人で食べていた時ほどではない気もする。疲れた体で仕事漬けの毎日を繰り返しつつ、絵が完成して呼ばれる日を心待ちにしていたが、鬼山からの連絡は来る気配がなかった。

十三

十月末、深夜までの飲み会があった翌朝、判田はけたたましい音で起こされた。携帯はまだ五時前で、電話の呼び出し音が鳴り続けている。知らない番号に応答すると、締井の声で慌てた様子だった。

「病院から電話があって鬼山さんの容体が急変したようで。これから駆けつけますが判田さんも」

「すぐ行きます」

眠気が吹き飛び、判田はがばっと起き上がってスーツに着替える。パジャマを脱ぎ散らかしたまま、ひげも剃らずに飛び出した。静まり返った街を猛スピードの自転車で走り、人影まばらな駅に駆け込むと電車が行ったばかり。凍てつくホームで十五分以上待たされ、やっと来た電車のスピードも遅く感じる。三高駅の改札で手色と出会ってタクシーに乗り込んだが一言も口を利かなかった。灰色の空が白み始め、病院へ着くと判田は釣りも受け取らずに車を飛び出す。正面玄関は閉まっていて、夜間入り口を通って階段を駆け上がった。息を切らして四階に着き、長い廊下を判田が走り手色も続く。部屋の前の長いすで牧師服姿の締井がうなだれていて、心が凍り付いた。

「残念ですが、先ほど……」

慌てて入ろうとした部屋から泣き声が聞こえ、ためらう判田を締井が悲痛な面持ちで止めた。

「ご家族がお別れを……お二人にも会いたがっていたんですが、絵が完成するまではどうしてもと」

「締井さんは？」

「四元さんから聞いていましたので。すでに全身に転移していて、抗ガン剤で抑えるぐらいしか。我慢強いお方でしたが、あの痛みと恐怖には……何度か呼ばれてお話をしました。先週お会いした時は小康状態で、もう少しで絵が出来上がるから、そうしたらあなた方を呼べると。でも急に病状が悪化したようで、突然……」

鬼山の頑固さは知っていたはずなのに、なぜ強引にでも会いに来なかったのか？　判田は自分を責めながら熱いものがにじんでくる。泣きじゃくる声が小さくなり、ハンカチを顔に当てた親子がドアから出てきた。涙をこらえて会釈を交わし、締井に続いて部屋に入る。室内は静まり返り、薬品のにおいが鼻をつく。三つのベッドは空で、判田が前にいた右奥の布団だけが盛り上がり、顔の辺りに白い布がかけられていた……息を詰めて歩を進め、締井の後ろで心臓がドクンドクンと脈打つ。締井は布をつまみ上げて二人を促し、判田は恐る恐るのぞき込む。目を閉じた青白い顔は、髪はほとんど抜け落ち、頬はげっそりとこけ、以前とは別人のように見える。でも表情は穏やかで、微笑んで眠っているようだった。

「珍しいくらい安らかなお顔で……」

呼びかければ今にも目を開けてくれそうな顔で、判田は辛くて見ていられない。唇をかみしめて視線をそらし、窓際のイーゼルに置かれた一枚の絵が目に入った。空と山を真っ赤に染めて沈んでいく大きな真ん丸の夕日。広い大地を埋め尽くす幾千本ものひまわりもまぶしく照らしながら。大小の無数の花々がオレンジ色でまばゆいほどに咲き乱れ、見渡す限りの景色が光の炎に包まれて激しく燃え上がっている。生き生きと満ちあふれる命が、心の奥底へと食い込んでくる。夕焼けのひまわり畑の中に、自分も立っている気がする。こらえていたものが熱い滴になり、判田の両眼からほとばしり出た。

「明乃のひまわり畑です。仕事一筋の鬼山さんも娘さんの合格祝いで家族旅行へ行ったことがあって、本当に楽しかったそうで。一番大切な思い出を大好きな絵で何とか形にと……そんな状態じゃないのに、夏には娘さんと一緒に明乃まで。娘さんのことを最後まで心配していました。娘のために残してやれるものはこれぐらいしかないと。抗がん剤の副作用に苦しめられながら、最後の力を振り絞って……鬼山さんの命が刻み込まれたひまわり畑。あの悔いのないお顔。執念かもしれませんが、鬼山さんは最後の最後に『本当の自分』を成し遂げ……」

締井は声を詰まらせ、判田も涙が止まらなくなる。手色も顔をゆがませて一筋の涙をこぼした。判田は頬を拭って絵に近寄り、絵の具で汚れたパレットと絵筆が机に無造作に置かれていた。キャンバスと真剣に向き合う鬼山の姿が脳裏に浮かび上がる。真っ赤に燃えながら沈みゆく大きな夕日が、最後の瞬間に燃え盛る鬼山の命のように見える……

窓の外では太陽が稜線に顔をのぞかせ、澄んだ空に向かい、赤い炎が突然燃え上がる。裏庭の真ん中で、見覚えのあるホームレスが、ダンボールの山をうちわで懸命にあおいでいた。

「数か月早ければ何とかなったのに。手の施しようがなかったと、四元さんもほんとに悔しがって。あれが彼にできるせめてもの……」

四元は大きな炎に向かい、全身を使って、狂ったように腕を振り続けている。判田は必死に歯を食いしばったが、あふれ出したものがどうしても止まらない。ベッドの方にもう一度目を向けると、朝日に照らされる死に顔が、とても明るく見える。『仕事の鬼』の面影などなく、一度も見たことがない仏像のような表情だった。

十四

廊下の長いすでうなだれる親子と、判田は声にならないあいさつを交わす。一階の壁時計はまだ六時半だった。

「少し話して行かない？」

手色に珍しく誘われ、矢川の方へ向かった。裏庭ではダンボールがくすぶり続け、燃え残ったかけらをやるせない気持ちで踏みつぶす。裏門を出て太鼓橋を渡り、真っ白なため息が何度も漏れる。川沿いの並木道にはひとけがなく、枯葉を踏みしめる音だけが響く。小鳥たちが飛び渡っていたが、朝を喜ぶようなさえずりも心の傷を広げるだけだった。木陰のベンチに腰を下ろし、手色も並んで座る。にじむ目を向けた水面に、朝の光が反射して輝いていた。

「苦労に苦労を重ねて部長になって。これからって時に……」

「鬼山さんは幸せだったはず。最後が一番……」

「幸せって、どういうことだよ」

思わずにらんだ手色の横顔はとげとげしさがなく、初めて見る優しい表情だった。

「あんなに穏やかな顔は初めて。悔いがなかったんだよ。最後に『本当の自分』にたどりつけて……はっきり分かったよ。『本当の自分』って、やっぱりあるんだなって……宿題はやって来た？」

「時間もなかったし」

「口では馬鹿にしてたけど、『本当の自分』って言葉がずっと心に残ってた……」

木々の向こうで、ガラス張りの建物が朝日を浴びて光り、手色は目を向けてから口を開いた。

「僕は電車少年で、ブルートレインの写真とかよく撮りに行った。模型の電車もそろえて、部屋中に線路を張り巡らせて遊んでた。運転士さんもカッコ良くて、指さして合図するとこなんかマネしてた。引っ込み思案で小さかったからよくいじめられたけど、悔しい時は泣きながら近所の橋の上に。電車を眺めているだけで、涙もやんでくれたから。それで運転士になるのが夢だったんだ。でも大学を受ける時両親に打ち明けたら、二人とも猛反対……」

「なんで？」

「年取って生まれた一人っ子だから甘やかされたけど、進路だけはうるさかった。二人とも教員だし、地方の二流大学出に引け目を感じてるみたいで。『秀一は東大出て医者か弁護士になれ。お金や学歴では苦労しないように』って口癖のように。僕はどうでもよかったけど、優等生で通ってて逆らうことなんてできなかった。気が弱くて血を見るのがダメだから医者なんかムリだし、法学部に行って司法試験を目指すことに。理数系の頭だったし、向いてないのか択一すら通らなくて。興味のない法律の勉強を無理やりやっているうちに精神がおかしくなってきて。うつ病って診断されて両親もやっと諦める気に」

「大変だったな……」

「嫌なこととはいえ、目標が突然消えてなくなって、何もする気が起きなくて家にこもってた。その時に色々考えて哲学の本とかも。でも『人としてより良い生き方』なんて簡単に分かるわけがないし、本当にやりたいことも見つからない。両親からは就職活動をせかされて、二人の夢を壊したって負い目があるから、給料が良い会社に入ろうと思って金融系を回ってた。けれどお金に興味があるわけじゃないし、電車への夢が諦めきれず、特にライナーはすごいと思ってたから中鉄に。技術が希望だったけど法学部からじゃ無理。親に言っても、笑顔の陰で全然喜んでないのがわかったよ……入社当初は、心機一転頑張って出世して見返してやろうって思ってた。だけど苦手な営業だし、東大出ってだけでプレッシャーも大きい。外見と内面はえらい違いで、無茶なノルマを押し付けられてこき使われる。上下関係が絶対だし競争も厳しい。仕事はきついのに残業代は一銭も出ないんだから、待遇はほかの会社以下。クビをちらつかせて文句を言えないように脅迫する管理部の奴らは特に許せない。CM

ではクリーンなイメージをアピールしてるくせに。法律の基本すら守っていない会社が上場企業としてのさばっていると知って失望したよ。あこがれて入ったから裏切られたショックも大きかったし。そのせいであんなにいい子まで犠牲に……」

手色は歯を食いしばり、目から一筋の涙がこぼれた。

「どうした？　犠牲って？」

「同期に『佳村優美《よしむらゆみ》』っていたよね」

「母親の病気を苦に自殺した子だよな。若いのに気の毒だったけど」

「本当の理由は違うんだ」

「たしか技術だったし話したこともないから、よく知らないけど」

「僕は新入社員の懇親会で隣の席になって、向こうは『鉄子』だから、本当に話がよく合った。休みの日にご飯とか食べに行くようになって。僕と同じ一人っ子で、父親を早くに亡くして母親の生活を支えているいい子だったけど、母親の認知症が進んで放っておくと徘徊《はいかい》するように。最初はデイケアに行ってたみたいだけど、優美以外の人の介護を受けつけなくて、暴れたり泣きわめいたりで嫌味を言われて断られたって。新型車両開発のプロジェクトと重なって忙しいし、どうしたらいいんだろうって悩んでた。落ち着くまで介護休暇を取ったらって教えてあげたら、そうしてみるってほっとしてたよ。でもあの冷血な管理部の奴にプロジェクトはどうするんだって、はねつけられたみたいで。高雄山に登った時話を聞いて、どうしても許せなくて、僕がクビになってもいいから直談判してやるって言ったら、嬉しそうな顔で『ありがとう』って手を握ってくれて。優美の手のひらのぬくもりは、とても温かかったし今でも忘れられない。でもその晩『やっぱり迷惑をかけるわけにはいかない。さよなら』ってラインが入って。不安でたまらなくて何本もラインをしたけど既読にならなくて。翌朝になっても反応がないから、仕事の前にアパートを訪ねて見たけどブザーを押してもドアをたたいても何の反応もない。出てきた大家さんと合鍵で部屋に入ってみたら、首を吊った優美がぶら下がってて、足に母親がすがりついてて……」

十五

　手色は頭を抱えて嗚咽する。絶句した判田も、手色の肩に手をのせてやるしかできなかった。手色は泣き止むと判田の手を肩から下ろしたが、表情は怒りに満ちあふれ、瞳が冷たく光っていた。

「復讐だよ。僕がやったんだ」

「やったって？」

「ライナーの爆破だよ。この名前のせいで、『テロ、テロ、テロリスト』ってよくからかわれた。だから本物のテロリストになって、優美の無念を、資本主義への恨みを爆発させてやったんだ。絶望の中でも懸命に生きている、善良な人たちの代わりに。世の中の富を独占する資本家たちにダメージを与え、腐りかけた日本社会を正すために」

　判田は愕然として手色の横顔を見つめる。薄笑いを浮かべる瞳にギラギラした光が満ちていた。

「嘘だよな……」

「『カネ、カネ、カネ』の資本主義では、一握りの資本家が金儲けするために立場の弱い人を平気で虐げる。残業代も出さない。介護休暇も取らせない。法律違反の所業がまかり通っている。でも資本主義という相手は巨大すぎるし、政治も何もしないどころかそんな風潮を助長するだけ。みんな力で押さえつけられて諦めてしまい、いやいや従っている。でも僕は我慢できない。世界中にはびこる資本主義の象徴都市東京。そこで大事件を起こして大騒ぎにしてやる。資本主義に対する命がけの反抗。ちっぽけな僕にできるせいいっぱいのこと。何より許せないのは、優美を死に追いやったあの中鉄。憎き資本家の代表をターゲットに、シンボルのライナーを木っ端みじんにしてしまえば」

「そんな……」

閃光と爆音、そして激震。悪夢の瞬間が脳裏に再現され、判田はうなだれる。

「機械いじりは好きだった。ネットで親切に教えてくれるサイトもあったから、時限爆弾は簡単にできた。決行は僕の誕生日五月六日。標的は通勤に使うライナー。計画を練り続けてゴールデンウィークに最後の準備を。父母に迷惑はかけられないから、偽の犯行声明を新聞社に送った。高雄駅から始発駅の佐神湖《さがみ》まで普通電車で戻る。ライナーはガラガラだったし、いつもの席の向かいにちょうど寝ている人がいた。その人の荷物と思われるよう、爆弾入りのかばんをそっと網棚に……立河あたりで満員になるし、国文寺を出た後高速運転になった所で爆破する計画だった。僕を長いこと苦しめてきたものが粉々になる瞬間をこの目で見たかったし。悪徳会社と憎らしい管理部の奴ら。いじめっ子たちも、両親の重荷も、運転士への夢も、自分もろともすべてぶっ飛ばして優美のところへ……それがあの日に限ってあの二人が。高速運転だからこそ爆発の威力が数十倍になり、脱線して大惨事になる計算。焦りまくったけどどうすることもできない。完璧だった計画が狂って、遅れるはずのないライナーがスピードを出す前に……」

淡々とした手色の声を耳にしながら脂汗がにじみ、ホームレス姿と牧師服を思い出す。

「僕の悩みを誰も分かってくれないし、どこを向いても『楽しければそれでいい人生』しか見えない。浅薄な生き方がはびこる大都会で孤独に苦しむ僕は、生き続ける意味さえ見失っていた。そんな時優美に出会って心に明かりがともり、優美だけが希望の光だった。でも、中鉄は、この資本主義社会は、僕のささやかな希望さえむしり取ってしまった。激しい怒りと絶望感にさいなまれ、全てがもうどうでもよくなってた。自分自身も、楽しさに狂っているように見える他の人達も。優美の無念を晴らすためにも僕にはああするよりほかに……筋書きとは違って生きながらえる羽目になったけど、資本主義社会を震撼させられたし、中鉄の経営には打撃でそれなりの効果もあった。僕の仕業とは誰も気づかないし、世の中をあざ笑うのが愉快でずいぶん気も晴れた。締井さんの話も、僕の心には絵空事にしか聞こえない。『本当の自分』には惹かれるものがあったけど、僕の周りでも本当の自分を追い求めている人なんて誰もいない。平日は一日中忙しい仕事に追われ、休みの日は疲れ切って寝てるか、楽しさに夢中になってる人達ばかり。勇気をもって資本主義社会を正そうとした僕の方が、利口だし正しいんだってずっと信じていた。でも、鬼山さんの絵と死に顔を見たら……」

淡々と話していた手色は、目をつぶってつらそうに顔を歪ませる。

「『本当の自分』ってやっぱりあるんだなって。僕は鬼山さんの『本当の自分』を吹き飛ばしてしまうところだった。他に何百人もの人の『本当の自分』も。それに生きる希望が久しぶりに湧いてきた。一度でいいからあの絵くらい命を燃やして生きてみたい。鬼山さんが魂を注ぎ込んだひまわり畑を見ているうちに、残りわずかの命でも、たった半年足らずの間にも、あれだけすごいことができるって分かったんだ。締井さんの話を聞いて、日本人たちもみんな頑張ってるけど頼れるものが何もないから、『楽しさ』を信じて生きてるだけで、好き好んで『楽しければそれでいい人生』に流れてるわけじゃないってことも……本当に好きでやりたくて、世のため人のためにもなり、実現できる大きな夢。どうしても設計したい電車があるし、『本当の自分』がなかったわけじゃない。やろうとすればできたかもしれないのに、僕は社会のせいにして、自分と向き合うことの厳しさや夢を追いかけることの大変さから逃げてただけって気づいたんだ。僕のやり方は間違っていた……鬼山さんが一枚の絵に注ぎ込んだ思いを無駄にはできないし、今度は僕が『本当の自分』に立ち向かう番。世のため人のために僕の命を活かさなきゃいけない。自分自身からも運命からも逃げずに……」

絞り出すような言葉に、判田は呆然と耳を傾けた。

「ほんとにごめん。鬼山さんや君のこと良く知っていれば、あんなことはしないで済んだかも。それに締井さんと四元さんも。命の恩人って感謝されてるけど、逆に二人が僕の命を救ってくれたのかも。あの日あの二人がライナーに乗って来なかったら。僕は卑屈な心のまま死んでいただろうし、高速運転で死者が出てれば死刑は避けられない……」

言葉が途切れて手色の方を向くと、ゆがんだ顔で虚空をにらんでいた。判田の頭は真っ白で、どれだけ沈黙が流れたのかすら分からない。真顔でせせらぎを眺めていた手色が腰を上げた。

「警察に行くよ」

「自首するのか？」

「まだケガで苦しんでいる人も……罪を償わないと、僕には『本当の自分』を追いかける資格もないし」

「一緒に？」

「一人で大丈夫……」

首を振る手色の横顔がすがすがしく見え、判田は歯を食いしばる。川沿いの小道を歩く背中に朝日が射し、少し行ったところで手色は振り返った。

「判田君、いつになるかは分からないけど、出てこれたらスマトラ堂のカレーを一緒に。無理やり連れてかれるのが嫌だったけど、今はとても懐かしい。鬼山さんも締井さんと食べるの楽しみにしてたし」

「ほんとに三人でよく。締井さんには俺の方から……」

「その時にはまた、本当の自分の話ができたらいいね」

手色は潤んだ瞳で寂しげに笑う。判田も笑い返そうとしながらこらえきれなくなり、熱いものが幾筋も頬を伝った。木漏れ日の射す道を歩く背中を、判田はすすり泣きながら見送る。イチョウの葉がひらひらと舞い落ち、追いかけて声をかけてやりたい衝動に判田はとらわれた。でも何と言ってやればよいのか分からず、小さくなる姿を見守り続ける。手色の後ろ姿は小さな点になり、黄葉した木々の間に吸い込まれるように消えて行った。

十六

放心していた判田は、体が冷え切っているのに気づいて腰を上げる。腕時計は八時を回っており、会社に行かなければと三高駅までの道を肩を落として歩いた。全てのことが、自分が生きていることすら空しく思え、どうしようもなく足が重たい。通りに出ると通勤通学の人が増え、せわしなく流れる人波に判田も飲み込まれる。ハイヒールの靴音がし、茶髪の美人が追い抜いて行く姿さえくすんで見える。タバコのにおいがしたかと思うと若者が追い越すや否や煙を吐き出し、不愉快になって顔をよける。他の人達も急ぎ足で次々追い抜かれた。なぜそんなに急ぐのか不思議で、五分や十分早く着いたところでどうなるんだろうと思う。せわしない流れから取り残され、判田はゆっくり歩を進めた。駅のコンコースでは、大勢の人がざわめきながら早足で行きかう。駆け足の人もいて、すれ違う人の顔へ判田は目を向けた。うつむき加減の沈んだ面持ちばかりで、どれもが暗く元気もない。判田自身もこんなさえない顔をして会社へ急いでいたのかと思う。ごった返す階段では、スーツ姿の男性が駆け上がって来て、判田と肩がぶつかったが見向きもしない。轟音とともに東京行きのライナーがホームに滑り込み、完全に止まらない内に行列の人々がにじり寄る。

「三高、三高です。ご利用ありがとうございます。降りる方を先にお通しください」

ドア付近に立ち止まろうとする人が、無理やり押し出される。大勢の人間が押し合いながら吐き出され早くもチャイムが鳴りだす。我慢しきれない乗客たちが乗り込もうとし、降りる人たちともみ合っている。ゆがんだ形相で押し合いぐちゃぐちゃになった人間たち。収まり切らない人が駅員にグイグイ押され、体をねじ入れようとしている。最後尾に続いていた判田は、醜い光景に嫌悪感を感じて立ち止まる。チャイムが鳴り終わると同時に判田の背中を突き飛ばし、若者が最後に駆け込んだ。

『今日だけはこの電車に乗りたくない。乗るわけにはいかない』

目の前で肉体が押しつぶされ、きしんでいたドアががくんと閉まる。うっすら曇ったガラスに苦しげにゆがんだ顔が張り付いていた。数えきれないほどの人間をごみのようにぎゅうぎゅう詰めにした鉄の箱が、速度を上げてビル街に消えて行く。降りた人と電車を待つ人たちでざわめくホームで、一人ぼんやり見送った。反対側にはガラガラの特急列車が停まっており、発車のベルが鳴り始める。とにかく会社とは別の場所に行きたくなった判田は、行先も見ないまま扉が閉まりかけた電車に飛び乗り、いつもと逆に動き出す景色をデッキから眺める。四人について思いを巡らすうち頭がおかしくなりそうで、どこか遠くへ行ってしまいたい衝動に駆られた。

だが田舎のない自分には、無理な話。それに自分は、鬼山のように勤勉でもなければ、四元のように恵まれているわけでもない。締井のように世の中を変えんとする意気込みもなければ、手色のように社会に歯むかおうとするエネルギーもない。普通の人間として普通に生きて行くしかない、ごくありきたりの日本人なんだと思い知る。でも、金や出世や豊かな生活、それより大切なことが人生にはあると、今はよく分かっている。

『本当の自分……本当にやりたくて、世のため人のためにもなり、実現できる大きな夢』

締井の言葉とともに、残り僅かな命を注ぎ込んで鬼山が遺した一枚の絵と、仏のような死に顔が浮かんでくる。

『一度きりの人生、楽しく生きられればそれでいいじゃないか。いつか普通の家庭が持てて、人並みの幸せがつかめれば』

これまでの二十四年間、周りの価値観にも染まってそんな風に考えて生きてきた。でも本当にそれでいいのか？　そんな生き方をしてあんなに安らかな顔で死ねるのだろうか？　思えば人生で本当にやりたいことを、自分は何一つとして実現していない。自分が何が好きで人生で何を成し遂げたいのかを、突き詰めて考えたことすら一度もないんじゃないか？　分かったつもりでいた自分自身を、全然分かっていなかったと、判田はようやく気づく……

空も山も真っ赤に染めて沈んでいく大きな真ん丸の夕日。大地を埋め尽くす無数のひまわりの花が、炎のようなオレンジ色で燃え上がっている。あの一枚の絵が判田の脳裏に焼き付いて魂をゆさぶり続けるのは、きっとあの絵こそ、鬼山がそのために生き死んで行った鬼山の分身、鬼山の『本当の自分』だからだろう。この自分は、何のために生まれ、生き、そして死んで行くのか？　そんな自分の存在意義を示せる証しを、一つだけでもいいから、世の中に生み出して生きて行きたい。本当の自分という言葉の意味が判田は初めてわかった気がして、『本当の自分』を自然と追い求めてみたくなった。日本社会の一員として世の中のためにできる何かが自分にもあるはず。そんな気持ちが体の奥底から湧き上がってくる。

締井は本当の自分の形は人それぞれと言っていた。どの会社だってたいてい同じだろうし、中鉄に対して手色のような恨みがあるわけではない。ただ手色のように電車が好きなわけではなく、今の仕事が向いているとも思えず、一年以上続けても心から好きになれない。とすれば判田の『本当の自分』は、中鉄のビルの中には見つからないのかもしれない……そうだ、明乃のひまわり畑まで行ってみよう。ひまわりは咲いていないだろうが夕日は見えるだろうし、鬼山と同じ夕日を眺めながら、無意識に逃げていた本当の自分と向きあってみよう。判田はネクタイを外し、脇のゴミ箱に押し込む。シャツの襟もとを開けると涼しい空気が入って来て、心まで自由になった気がした。爆破地点を通過し、事故以来目を背けてきた景色を、判田は目をそらさずに見つめた。鬼山と手色が四元と締井に席を譲るシーンが、昨日のことのように蘇った。

セレブな人生に疲れ切り、ホームレスに変身するのが生きがいの病院長。神も宗教も信じられず、本当の自分の大切さを説き続ける牧師。病魔の淵で人生を疑い、最期に『本当の自分』を成し遂げた仕事人間。決死の覚悟で、資本主義への恨みを爆発させたエリート。四元、締井、鬼山、手色。あの時には全然わからなかった四人の胸中が、今ははっきりと見える……平凡な一サラリーマンに過ぎない自分自身も。満員電車に揺られてコンクリートジャングルに吸い込まれていたあの日の自分と、逆方向に向かっている今の自分は、全く違う人間だと感じる。

自分は四人のような才能など何一つない普通の人間だが、持ち前の明るさと前向きさがある。これからは開き直って『本当の自分』を追いかけて生きて行くか。軽く思うと心にさわやかな風が吹き、自然と笑顔が生まれるのが分かる。車窓をふざけ合いながら登校する黄色い帽子の子供たちの列を、同じ笑顔で眺める。小さな勇気が今、判田の胸に静かに芽生え始めた。

終

未熟恋《みじゅくれん》

一

ベースラインに立ち黄色いボールを弾ませる。ラケットのグリップを回して精神を研ぎ澄ました。黒山の動きを見てセンター狙いに決め、放り上げた球を叩く。

昭和の終わりのある夏の夕方、明示大学のエンジョイテニスクラブ通称ＥＴＣの練習が東京郊外で続く。夕日は傾いたが暑さは変わらず、同じ一年の黒山と練習試合の最中だった。ファーストサーブが狙い通りセンターに入り、良しと思って踏み出す。ダークグレーのウエアにたくましい体を包んだ黒山は軽やかなフットワークで追いつき、力強い球をリターンしてきた。深い球が苦手のバックに来て、ラケットを合わせるだけの返球は浮いてしまう。強打かと身構えたところへ黒山はドロップショットを放ち、慌ててダッシュしたが間に合わなかった。次のストロークでは懸命に打ち合ったが威力は黒山が上で、甘くもない球をアプローチして前に出る。黒山は厳しいところにパッシングショットを放ち、腰を落としたファーストボレーが深いところに入ってネットに詰めた瞬間、黒山はにやっとしてラケットを振り上げる。トップスピンロブだと気づいて下がりながらスマッシュの構えをしたが、あざ笑うかのように頭上高くを通過したボールは、アウトの願いも空しくベースライン直前に落ちた。

「ナイスロブ！」

周りから声をかけられた黒山は、微笑んで前髪をかき上げる。高校時代に神奈川の県大会で準優勝した実績もあり、教育学部にスポーツ推薦された黒山は、テニスを始めて数か月の自分が敵う相手ではなかったが、格下にも手を抜くことはない。サービスゲームでもワンポイントも取れなかったが、負けず嫌いだけは人一倍であきらめはしなかった。サイドコーナーをえぐるスライスサーブにも飛びついてラケットの先を当てる。黒山は素早く出てきて、浮いたボールを逆サイドに軽くスマッシュする。無理なところへ飛んで行く球に食らいついた足が滑り、地面に体を打ち付けた。黒山はネットを飛び越えて駆け寄り、上級生もラケットを拾って近づく。這ったまま顔を上げると、甘いマスクの黒山が見降ろしていて、百八十センチを超える体がいつもより大きく見えた。

「大丈夫か？」

体を起こそうと突いた左肩に痛みが走り、小麦色に焼けた黒山の腕に引かれて立ち上がる。

「ラスト〜」

江張《えばり》部長の大声に合わせてラストの声が響き、袖にこびりついた土を、黒山は笑顔で払ってくれる。作り笑いで礼を言いながら惨めな気持ちになったが、離れたコートでラリーをしている真田《さなだ》には気づかれずに済んだようだし、回した左肩の痛みもさほどではない。

「集合！」

隣のストローク戦が終わると江張の号令がかかり、クラブハウス前まで全員が駆けだした。江張の前に集まる約四十名の後ろにつき、総括の話が始まると立つ位置をずらして同級生真田理沙《りさ》の姿をのぞき見た。肌は白く、スマートな体をパステルピンクのウエアに包み、ストレートの黒髪が肩まで届く。切れ長の目に、鼻筋の通った鼻、ふくよかなピンクの唇。あどけない感じの美人だった。どこか影の差した瞳にさりげなく目をやる。黒山に完敗した苛立ちも忘れ、江張の話も耳に入らない。口元を結ぶ横顔に哀愁が漂い、胸を締め付けられて見つめた。

「石川！　どこ見てるんだ？　派手にこけてたけど頭でも打ったか？」

慌てて江張の方を見たが、手厳しい皮肉に周りから笑いが漏れる。熱くなった体でうつむいた。

「練習の感想だよ。あんだけ張り切ってたんだからなんかあんだろ」

「きょうは……とにかく暑かったです」

「それだけかよ？」

江張はあきれ顔でため息をつき、あちこちで失笑が漏れる。横目で見た真田の微笑みが一番恥ずかしく、汗がふき出してきた。

コート整備、後片づけとロストボール探しの責任者を江張が指名し、稲光の空を見上げると灰色の雲が立ち込めていた。いつも以上の勢いで物置までダッシュし、大きなブラシを引っ張り出す。一番疲れるブラシかけは一年生の仕事で、みんなジョギング程度で重いブラシを引きずり、一往復か二往復で他の人に押し付けて交代している。誰とも代わってもらおうとせず、三往復、四往復とコート四面分の長い距離を全速力で走った。身長百七十センチ弱、平凡な顔で、猛練習のため肌は異様なほどテニス焼けしている。下手の横好きという言葉がぴったりで、コナーズまがいのフォームが体にこびりつき、試合でも負けてばかりだった。取柄は人一倍まじめぐらいで、降り出しそうな空に目をやり、限界近く張った足にムチを入れる。テニスのうまさで一目置かれている黒山は全く働いておらず、クスノキの木陰で江張と雑談を続けていた。さらに頑なな気持ちになり、黙々とブラシを引きずる。

「かわるわ」

穏やかな声にはっとすると、真田が手を差し出している。あどけない微笑みに胸がときめき、手のひらからぬくもりが伝わってきた。

「ありがとう」

心の殻が消え、ぎこちなく笑ってブラシを手渡す。手と手が触れてどきんとし、小さくなる背中を熱い心で見守った。雷鳴とともに雨粒が落ち、引き返してくる真田に話しかけたい気持ちと裏腹に言葉が浮かんでこない。汗の光る顔が近づくにつれて鼓動が高まり、小さく笑う真田からブラシをひったくると走り出した。青白い稲妻が行く手を切り裂いて地響きがし、ザーザー降り出す雨に部員たちはクラブハウスへ駆け込んだ。あと一往復なのでやってしまおうと、大雨のバックコートを疾走する。指さして笑う江張と黒山の姿も全然気にならず、熱い体を打つ雨が心地よかった。

二

高三のとき、ウィンブルドンの決勝戦を見て釘付けになる。四時間以上に及ぶマッケンローとの死闘の末に優勝した、コナーズの闘志あふれるプレーに感銘を受けた。テニスに挑戦することを決め、強いサークルに入ろうと思って説明会を回った末にＥＴＣを選ぶ。ＥＴＣは三十年近い歴史がある部員数約百五十名のマンモスサークルで、テニスの強さも学内で一、二を争うほど。平日は終日郊外にレンタルコートが確保され、午前中は自由練習、午後はマネージャーがメニューを組む団体練習。参加曜日や時間は任意で、毎日でも週一日でも部費は変わらない。極端に負けず嫌いで、コナーズのようなプレーがしたいと本気で考える。出席を取らない法学部の授業には出ず、キャンパスに行く代わりにコートへ毎日顔を出した。

ノリもいいサークルで、練習後には近くの居酒屋で必ずコンパが開かれ、一年生男子は強制的に連れて行かれる。バカ騒ぎについて行けず気が進まなかったが、上級生の誘いを断る図太さもなく、義務のように参加していた。

めずらしく真田も参加すると耳にはさみ、同級生と会話しながら上機嫌で店に入る。座敷の隅に腰を下ろすワンピース姿を見ながら胸がときめいた。隣も前もまだ空いていたが、近くへ座りたい気持ちに反して体がいうことを聞かない。中学高校と硬派の男子校に通い、特に奥手。女の子と付き合ったことさえ一度もなく、真田への想いがきっと初恋だった。

「石川！」

思い切って向かいの席に行こうとしたとき、法学部の同級生男子安木《やすき》から手招きされ、真田とは離れた席にのらない笑顔で向かう。女子マネが人数分のチューハイをオーダーし、江張が笑顔で立ち上がった。

「暑い中ご苦労さん。乾杯！」

安木とレモンハイのグラスを合わせ、疲れ切った体にアルコールが染み渡る。近く行けなかったことを後悔しつつ、おしゃべりな安木の話に言葉を合わせた。上級生に行くにつれて高くなる割り勘で、毎日飲めるようにと下級生はビールも禁止されて百円のチューハイしか頼めない。つまみも枝豆やオニオンスライスとか、安くて簡単なものばかりが並んでいた。喉の渇きに任せてグラスを傾け、空腹へつまみを詰め込む。酔った部員たちの熱気が立ち込め、周りの話に負けまいとする大声が響いた。話の合間に真田を盗み見ると、周囲の男子たちと楽しそうに話している。胸が引きつれるように痛み、半分近く残ったレモンハイを一気に飲み干した。

「ヒットパレードやるか」

江張の声で雑談がやみ、拍手が湧き起こったが、背中に冷や汗がにじむ。ヒットパレードでは、三位から一位まで好きな部員の名前を発表しなければならず、一年男子は指名される確率が高かった。

「まず、黒山」

江張の隣の指定席で、黒山は「えっ」という顔をした後で、頭をかきながら腰を上げる。

江張の声に合わせ、部員たちから手拍子が上がった。

「ヒットパレード、ヒットパレード、黒山のヒットパレード、第三位！」

「田川さん」

「えーっ」

「第二位！」

「佐山さん」

「ほんとかよ」

「それじゃあ、第一位！」

「実は、西口さん」

男子マネと噂の上級生の名前を次々挙げた黒山は、江張がつき合い始めた二年女子の名前で締めくくる。わざと離れた位置にいる西口が恥ずかしそうにうつむいた。

「問題だろ」

「好きなものは好き……」

ブーイングをよそに黒山はとぼけた顔で座り、シャイな江張が真っ赤な顔で手を上げた。

「わかったわかった。じゃあ次は、軽井《かるい》」

商学部一年の軽井は、丸刈りの頭にコロコロ太った体で、異常にノリの良い目立ちたがり屋だった。真田の向かいから威勢よく立ち上がり、歓声に対して手を振る。

「ヒットパレード、ヒットパレード、軽井のヒットパレード、第三位！」

「真田」

「第二位！」

「やっぱり真田」

「第一位！」

「もちろん真田」

ニコニコ腰を振りながらのオーバーアクションで、真田は頬をピンク色にそめてうつむく。

「嫌がられてるみたいだぞ」

「好きなものは好き……」

真田狙いを公言している軽井は、からかう声にびくともせず、黒山と同じ台詞で腰を下ろした。ヒットパレードが続き、異様に盛り上がる場で逃げ出したいような気分だった。矛先は二年生に向いたので大丈夫かもと思い、江張とは目を合わさずに指名されないことを祈る。

「最後に、石川」

終わりかと思ったときの指名に胸がどきんとする。嫌々立ち上がるとヤジが飛んだ。

「まともな答え頼むぞ！」

「ヒットパレード、ヒットパレード、石川のヒットパレード、第三位！」

合唱の間にかっと汗がにじみ出る。軽井のように真田の名前は口に出せず、黒山のように適当に答える器用さもなかった。

「……いません」

「そんなわけないだろ」

「ほんとに」

「第二位も第一位もか？」

「はい」

「つまんないやつだな。好きな人ぐらい作っておけよ。石川は練習が恋人みたいなもんか。罰ゲーム」

上級生だけ頼める刺身の山盛りワサビをビールへ溶かし、江張が嬉しそうに渡してくる。

しらけた場が異常に盛り上がり、手拍子の中で飲み干すと目と鼻がツーンとしたが、これの方がまだましだった。呆れる歓声に包まれつつ腰を下ろしたが、ちらっと見た真田だけはつまらなそうな顔つきで救われた気持ちになる。

「きょうはこれぐらいで……」

江張が満足げにうなずいて歓談が再開され、人気の一年女子と上級生のうわさ話を安木が始めた。楽しいのかもしれないが意味のない会話が続く。どこかで聞いたことがある話のくり返しになり、退屈を感じ始めた。時間がもったいない気がして、早く終わらないかと時計を覗く。その場に体を置いていることさえ苦痛だが、一人だけ中座する勇気もない。酒だけはかなり強く、手持無沙汰を紛らすためグラスを傾け続ける。いつの間にか周りに人はいなくなり、独り取り残されていた。退屈そうな顔でぽつんとしている姿が目に入り、また見つめてしまう。一目ぼれした新歓コンパのときも、真田は水玉模様のワンピース姿で、悲しげな瞳でぽつんと座っていた……無愛想な店員がチューハイをどんと置き、切れ長の瞳から慌てて視線をそらした。

「どうせ一度きりの人生、楽しく生きられればそれでいいじゃないか」

コンパだけでなく練習も楽しくやろうというムードで、みんな楽しさだけを目標のように追求しているように見えた。がむしゃらに練習すればするほど敬遠される空気を感じ、独り浮いて行くようで寂しかった。

「人と楽しむ時間も大好きだが、ただ楽しいだけの人生なんて。時には苦しみとも戦いながら、大きな夢をひた向きに追いかけて生きて行く。それが人間じゃないのか？」

硬派の男子校でそんな考え方が身についていたため、楽しさばかりに夢中になっている部員たちの気持ちが理解できない。時おり漂う哀愁に心癒され、真田だけは楽しさに満足できない人だと信じるようになり、それでこんなにも惹かれるのかもしれない……バカ笑いの渦巻く座敷で物思いに沈み、真田も寂しげな瞳でピンクの唇を結んでいる。心の中は同じだという思いで見つめると、視線が合い、ドキッとして目をそらした。隣の席に移ろうか迷ったが、ウジウジしている間に戻ってきた軽井が、真田の方に乗り出して話を始めた。楽しそうに話す笑顔に胸が痛み、反対側に来た気の合わない女子に話しかける。ビール瓶片手にやって来た江張にあおられ、ヤケで一気飲みを繰り返した。

三

翌年八月のある朝、ETC二年生恒例の北海道旅行もあと二日。レンタカーに分乗した二十人ほどのメンバーは、霧が晴れた釧路《くしろ》駅近くの旅館を立って摩周《ましゅう》湖へ向かった。一目ぼれしてから一年以上経っていたが話しかけることすらできず、遠くから見つめるだけの片思いを続けていた。昨夜の抽選で同じ車番号を引き当て、ちゃんと話をしようと意気込んだためかほとんど眠れなかった。寝不足だが妙にさえた頭でハンドルを握り、助手席には愛しい真田がいてくれる。ひまわりの刺繍が入ったブラウス姿の真田と、道順について言葉を交わすだけで心が弾んだ。黒山と三人で旅の話が盛り上がり、しばらく行ったところで現れる青い湖面が美しい。緑のじゅうたんのような釧路湿原が続き、きれいな空気が吸いたくなった。

「窓開けていい？」

窓を半分開けると風が吹き込み、黒髪がなびいてきてどきんとする。見上げたバックミラーには、心地よさそうな寝顔が映っていた。

「寝ちゃったみたいだね」

「幹事だし大変なんでしょょ」

真田を意識して言葉が出なくなり、黒山のいびきが大きく響いた。

「音楽でも聴かない？　北海道向きのがあるって」

真田は身をよじってCDケースを取り、長い髪が肩に触れてどきっとする。青空の下に草原が広がる一枚を真田は取り出した。

「富良野《ふらの》みたい。」

真田がCDをセットすると、ピアノの音が流れだし、優しげなメロディーに心穏やかになる。

「誰の曲？」

「『ジョージ・ウィンストン』。タイトルは『オータム』」

「景色にも合ってるしいい曲だね」

「『ナチュラルジャズ』っていうみたい」

真田は小冊子を嬉しそうにめくる。車も人も通らない赤信号で待たされる車内に、透明なメロディーが流れた。真田は片手をかざしてフロントグラスを見上げ、抜けるような空に綿雲が浮かんでいる。

「きれいな空」

「摩周湖もきれいかな？」

「透明度は世界一」

「『霧の摩周湖』って神秘的だよね」

「今日は大丈夫そう」

「山の上だから湖面だけに霧がかかることも」

「くわしいわね」

「ガイドブックで調べたから」

「ほんとまじめ。練習でも一生懸命だし」

「テニスが面白くてたまらないから」

「石川くんほど熱心にはなれないな」

「文学部の子って、コンパにも来ないし少し変わってるよね」

「居酒屋でのノリにはついて行けないけど……そんなに変わってる？」

「悪い意味じゃなくてそんな感じが……ごめん、気にさわった？」

「変わってた方がいいじゃない。他の人と同じじゃつまんないし」

切れ長の瞳に影が差し、トウモロコシ畑にため息をこぼす。横目で見ながら、同じ孤独を感じて胸が詰まった。爆音に目を向けると、真っ赤なオープンカーが追い越して行く。バックミラーに続く車を見て、慌ててアクセルを踏みこんだ。

摩周の街を抜けた後、一直線の道が草原を貫き、背の高い木々が挟む道に入る。カーブを繰り返しつつ高度を上げ、第一展望台からしばらく走った先に、『摩周湖第三展望台』の看板が見えた。穴場とあった通り、車が五、六台停まっているだけで人影もまばら。トイレに行くという黒山と真田から促され、胸膨らませて階段を駆け上がる。登りつめたところにこぢんまりした展望台があり、湖の全景が広がった。湖面は美しい青で、緑が茂る楕円の小島が中央に浮かぶ。深緑の低山が正面の空に頂を突き出し、なだらかなすそ野が横長の湖を包んでいた。サファイアブルーの水はさざ波一つなく、巨大な鏡のように張り詰めている。複雑な尾根の形や青空のグラデーションまで鮮やかに映し、綿雲が水面を移動して行く。水際を境にした上下対称の景色は神秘的で、孤島に神が宿るという伝説すら本当に思えてくる。吸い寄せられるように身を乗り出し、黒山と真田がいつの間にか隣にいた。

「きれいだな」

「こんな色、生まれて初めて」

「あの山なんていうの?」

「摩周岳。通称カムイヌプリ」

「あの島は?」

「カムイシュ。アイヌ語で『神になったおばあさん』。集落間の争いに負けて孫とはぐれたおばあさんが、何日も孫を待ち続け、待ちくたびれてあの島になったって伝説が」

「詳しいな」

「背中の丸まったおばあさんみたい。ぽつんと寂しげで……」

「写真撮ろうか」

通りがかりのカップルに黒山がシャッターを頼み、湖が入るようしゃがんだ真田を挟んで中腰になる。黒髪からシャンプーの香りがして、胸がドクドク脈打った。他のメンバーも姿を現し、軽井が真田にすり寄って話を始める。安木と声を交わした後で手すりにもたれ、美しい湖と彼方まで続く山々を眺め続けた。

四

屈斜路湖《くっしゃろ》の砂湯では砂浜から湯が湧きだし、真田とはだしの脚をつけると心も体も癒やされる。三百六十度見渡せる美幌《びほろ》峠では、屈斜路湖のブルーが青空と溶け合う景色を、真田と肩を並べて眺めた。白亜の建物がそびえ立つ、湖畔のホテルに夕方到着する。湖に面した部屋はベランダ付きで、青い水面の向こうに緑の山並みを見渡せた。

ジンギスカンの夕食後、花火をするため湖岸へ向かい、日の落ちた散歩道は肌寒い。白樺林の向こうの砂浜は静まり返り、会話がとぎれるたびに足音が響く。先頭を行く黒山が太い木のそばに立ち止まり、軽井がロウソクを立てて火をともした。女子たちが手持ち花火をはじめ、黒のタンクトップにレースのカーディガンを羽織った真田も輪に加わる。七色の光が黒い湖面とコントラストを描き、安木と立ち話しつつ眺めていた。真田の姿を自然と追い駆け、あどけない笑顔を見ているうち会話も上の空になる。

「変わってた方がいいじゃない……」

車内の会話を思い出し、呼びかけられて我に返る。安木が首を振る方を見ると、評判のカップルが距離を置いて白樺林へ消えて行った。ロケット花火に安木も加わり、爆音を立てる花火にみんな大騒ぎしている。真田はその輪から抜け、少し離れた岩に腰かけた。思いをどうしても伝えられずにいたが、昼間の会話で心が通じて距離も縮まった気がする。今踏み出さなければこのままと思い、高鳴る鼓動で足を進めた。

「話があるんだけど、なんか飲みに行かない？」

「いいけど……」

うなずく真田の先に立って歩き出したが、距離を開けてついてきてよそよそしい。小道の砂利を蹴って歩き、盛り上がった気分が沈んできた。

「どれにする？」

「オレンジジュース」

自動販売機の缶を渡し、水銀灯に照らし出されるわきの下から慌てて目をそらした。テラスにはひとけがなく、一番端のテーブルに座り、缶コーヒーを開ける。むかいの真田は缶を開けようともせずに口を結んでいる。昼間とは全然違う雰囲気で、どぎまぎしながら見上げた夜空に、プラネタリウムのような星が瞬いていた。

「星が多いね」

「そうね」

「北斗七星かな？」

「そうじゃない」

「北極星はどれかな？」

「ひしゃくの先を伸ばしたところだから……」

一筋の光が上がって音を立て、オレンジ色の火花が尾を引きながら広がる。

「きれいね」

溶けるように光が消えた後に、静かな星空だけが残される。色とりどりの打ち上げ花火を真田は眺め、視線を合わそうとはしなかった。話を切り出せるムードではなく、気まずい沈黙から逃げ出したくなった。

「話って？」

怪訝な顔に戸惑ったが、この機会を逃せばいつ話ができるかも分からない。響くぐらい鼓動が大きくなった。

「誰かつき合ってる人いる？」

真田ははっとした表情で首を縦に振る。予想外の答えに愕然とした。

「ほんとに？」

「うん」

「相手の人は？」

「……黒山くん」

照れくさそうに前髪をかき上げる答えが理解できない。

「黒山って……あの黒山？」

「うん」

「今日も全然違ったけど」

「旅行中に申し込まれて……周りが騒ぐと面倒だし、旅行の間は内緒にって言われて」

「中森さんと別れて一女の山村と始まったばかり」

「性格が合わなくて別れたって」

真田は頬を赤らめ、ジュースの缶を開けて口をつけた。事情を飲み込んだ全身から血の気が引き、強張った笑顔を作る。

「よかったね」

「石川くんの話は？」

「もういいよ」

「わたし戻るね」

「つきあわせてごめん」

「みんなには内緒にね」

階段を駆け下りて砂利道を走る姿が小さくなり、白樺林に消えてゆく。心にはぽっかりと穴が開き、冷たい夜風に吹かれて急にぞくぞくしてきた。今日の自分を、間抜けなピエロの一人芝居と悟ってため息をつく。自販機で買った缶ビールはまずい味で、一口だけでごみ箱に捨てた。見知らぬカップルがやって来たテラスを離れ、爆音がして見上げた空で、七色の柳の光が闇夜に吸い込まれてゆく。二人から離れたい一心で背を向け、真っ暗な散歩道を歩きだす。山影高くの半月が寂しく見え、涙でにじんで白銀の光線になった。

五

二年後の冬のある日、待ち合わせは六時だが有楽町駅の時計はまだ五時二十分だった。せわしない人波をゆっくり歩き、それでも三十分以上前にマリオンについてしまう。時計台下の壁に寄りかかり、ビルの合間に沈む夕日を眺めた。

失恋のショックでＥＴＣに行けなくなってテニス熱も冷め、ＥＴＣをやめてしまう。真田に好きになってもらえる取柄など何一つないことに気づき、認められたい一心で猛勉強を続け、四年生になった今年司法試験に合格していた。人づきあいもやめて勉強に専念していたため二人のその後についても知らなかったが、まじめな真田とナンパの黒山が長続きするわけがないと信じていた。

『久しぶりに会って食事でもしませんか？』

思い切って出したポストカードに、真田は電話で返事をくれる。銀行への就職が無事決まったとのことで、お祝いをしようと食事に誘うと応じてくれた。口元を緩めて電話の声を思い出し、十分前になって二年ぶりの再会にそわそわする。人混みの中を探すうち、六時を告げるチャイムが鳴り響き、小人の楽隊をドキドキして見上げる。十分経っても真田は現れず、もしかしたらと不安になったところへ姿が見える。肩まで届く黒髪、切れ長の瞳、高い鼻にふくよかな唇。近づくにつれて間違いないと分かり、思わず笑顔が浮かんだ。

「遅れてごめんなさい」

「そんなに待ってないよ」

「あまり変わらないわね」

綿シャツ、チノパン、コーデュロイのジャケットにツイードのロングコート。代わりばえしないカッコをまじまじ見られて照れくさい。真田は黒いワンピースにグレーのハーフコートをまとった装いで、少しやせた感じがしたが、昔の面影のまま美しかった。指輪をしていないのを見てうきうきした気分になり、予約したフレンチの店へ向かう。モールや鈴で街路樹が飾られ、ジングルベルの流れる銀座の街は、カップルがあふれてクリスマスのムードだった。並木通りを曲がってしばらく行った先に『アムール』というネオンを見つけ、階段を下りて革張りの扉を押し開ける。ロビーには赤いじゅうたんが敷きつめられ、豪華絢爛なシャンデリアを緊張して見上げた。正装した店員にうやうやしくあいさつされ、薄暗い廊下ではアンティークの小物が灯火で浮かび上がる。ホールは広々しており、オレンジ色のじゅうたんの上にテーブルが整然と並んでいた。カップルが二組だけで、予約席のプレートが置かれた奥の席へ案内される。リンゴのキャンドルがともり、メニューの見慣れない用語を見て汗がにじんだ。

「何にする？」

「おすすめのコースは？」

「良さそうだね」

ワインリストはさらに分からず勧められた白ワインを注文する。慣れない場所で愛しい人と久々に向き合い、目のやり場に困る。落ち着かない気分で店内を見まわし、モーツァルトの軽快なメロディーが流れてきた。

「素敵なお店ね」

「うん」

「きれいな絵ね。ルノワールかしら」

「そうだね」

舞踏会を楽しむ人の笑顔に心も和み、白ワインが運ばれてくる。テイスティングしたワインはフルーティーな味で、司法試験の合格と就職内定を祝して乾杯する。

「おいしい」

網のかごに入れられたバゲットは焼き立てで温かく、真田はにっこり笑った。

「自家製は違うね」

「いい香り」

「小麦がいいのかな？」

「ヨーロッパ旅行思い出すわ」

「向こうの食事はパンが食べ放題だよね」

「料理が来る合間にパンとワインで長話」

「ワインも安いし何時間も粘ったことも……」

パテとマリネのオードブル、冷製ポタージュ、温野菜の盛り合わせと、一皿一皿は見た目が綺麗で味もこっている。料理の話題から会話が弾み、赤ワインのボトルも追加した。仔牛のソテーはとろけるように柔らかく、ボリュームもたっぷり。カマンベールチーズはまろやかな食感で、ストロベリークレープは満腹に甘いものがこたえられない。コースが終わるころにはブランクも埋まり、エスプレッソのカップを傾けながら、ＥＴＣでの思い出を語り合った。

「学年旅行もいろいろ」

笑いかけられてうなずいたが、避けていた話題だった。

「摩周湖の色覚えてる？」

「青い鏡みたいだった」

「もう一度あの頃に戻りたい」

真田は寂しげな顔でため息をつく。摩周湖に向かう車中のシーンが甦り、胸が期待でドクンドクンと鳴る。潤んだ瞳に向けて、一番聞きたかった問いが口から出た。

「そういえば黒山とは？」

「……あいかわらずよ」

「……それならよかった」

奈落の底に突き落とされながら、心にもない言葉が口をついて出る。影の差した表情からエスプレッソのカップへ目を落とし、強張る顔で苦さをかみ締めた。

「海が見たいな」

つぶやくような声が響き、上目遣いで見た真田は悲しい顔でカップを傾けている。二軒目に予定していたバーを空しく思い出した。

「晴海にでも行く？」

「いいわね」

真田は目を輝かせたが、大きな穴が開いたままの心でチェックを済ませる。店員のにこやかな笑顔も負担に感じ、階段を上がると冷気に包まれた。並木通りを無言で歩き、オフコースの『さよなら』のオルゴール曲が響く。街路樹をライトアップする電球が、ビルの谷間を走る光線のように続いていた。腕組みしたカップルが近づいてきて、間を譲ると微妙な距離はさらに広がる。真田はバッグを後ろ手に持って歩き、寂しげな姿を横目で見ながら悲しさが募る。路面の模様に目を落として進み、かける言葉が見つからなかった。

六

埠頭のターミナル前でタクシーを降りる。海風が吹き付け、コートの裾を押さえてビルに入る。三階までエレベーターで上がり、廊下の奥の『ＳＩＤＥ　ＣＡＲ』と書かれたドアを引き開けた。ひだ入りのシャツを着た店員に笑顔で迎えられ、ジャズピアノのＢＧＭが流れるバーはほぼ席が埋まっている。二つだけ空いているカウンターの端に並んで腰を下ろした。蝶ネクタイで正装したオールバックのバーテンが頭を下げ、ガラス窓の夜景に目を向ける。黒い海の向こうに湾岸の建物が輝き、赤い東京タワーがそびえ立っていた。

「いいながめ」

真田はお勧めのサイドカーを選び、自分は受験時代から飲み慣れたターキーのロックにする。コンクリートの壁に、自動車のデッサンが淡いライトで浮かび上がっていた。

「素敵なお店ね。彼女と？」

「違うよ。本に乗ってて」

「勉強熱心ね」

照れ笑いして見たバーテンは、銀のシェイカーへ氷を入れ、ブランデーを注いでレモンを絞り上半分をかぶせる。両手に挟んで小気味いいリズムで振り、ふたを取ると高い位置に構えて傾けた。細い滝のような液体が、スポットライト下のカクテルグラスを満たして行く。ターキーのグラスを軽く合わせて乾杯し、香ばしいバーボンが喉を焼いた。

「味はどう？」

「飲みやすくておいしい」

寄せられてきたグラスを胸高鳴らせて取り、そっと口をつける。ブランデーの香りが鼻を突き、レモンの酸味が口の中に広がった。洋酒のビンが並ぶ棚の片隅で、サンタの人形が微笑んでいる。

「クリスマスの予定は？」

「今のとこ何も……」

「つき合ってる人は？」

「いないよ」

「どうして？」

いまだに写真を隠し持っているほどで、一日も忘れられなかった思いはやはり口に出せない。グラスを揺らしながら他のわけを探した。

「勉強ばっかやってたから」

「そんなにたいへんなの？」

「遊びに行けないように片方の眉毛そって勉強するやつも」

「それでＥＴＣも？」

「……両立できる器用さなんかないし」

「じゃあ、これからね」

これほど深い気持ちに気づかないのか、真田の笑顔に苦笑するしかない。本心を打ち明けたくなったが、遠くの明かりを眺めるうち衝動は消えた。

「ひとつきいていい？」

「あらたまってなに？」

「黒山とつき合い始めたきっかけは？」

「わたし小学生のとき病気で父を。黒山くんもご両親が離婚してお父さんがいなかったって聞いて……似たものどうしと思ったからかな」

真田は悲しい顔でサイドカーを飲み干し、グラスを置いて唇をかむ。時おり漂う哀愁のわけが少し分かり、ロックグラスを一気に空けた。

「悪いこと聞いちゃってごめん。もう一杯どう？」

「そうね」

「何にする？」

「これがおいしいから」

真田は物憂げに前髪をかき上げ、ほのかな色気にぞくっとする。慌てて目をそらしてお代わりを注文した。

「平気よ」

「かなり飲んでるけど大丈夫？」

「そんなに飲んだっけ？」

「飲みたい気分なの」

「何か悩みでも？」

「別に……再会したお祝いよ」

バーテンは同じ手順でサイドカーを作り、霜の降りたシェイカーからほとばしる液体が、カクテルグラスを満たして行く。頬杖で見ていた真田は、二本指で押し進められたグラスの柄を、そっとつまんだ。

「おいしい」

暗い海を見つめる横顔は哀しそうで、何かを訴えかけているようだ。お気に入りのハードボイルド小説で、主人公の探偵が恋人につぶやく台詞が浮かんでくる。

『哀しいものは美しく、美しいものはいつも哀しい。美しいものがその哀しさのゆえに、余計に美しく見えることがある』

真田はその言葉通りの美しさで、潤んだ瞳に胸を締め付けられたが、目に見えない壁を感じて声がかけられない。バーテンはアイスピックでつついた丸い氷をロックグラスに落とし、バーボンを三分の一ほど注いでから音もたてずに置く。琥珀色の液体を喉に流し込み、心の傷に熱く染み渡った。

『変わってた方がいいじゃない……』

摩周湖へ向かう車中の忘れられない呟き。聞きたいことはたくさんあったが、切り出そうとするとにやけた黒山の台詞が浮かぶ。

『人生一度きり。まじめ面してないでエンジョイして生きようぜ！』

酒とともにため息を飲み込み、真田の心には踏み込めないまま、当たりさわりのない世間話を続けた。グラスを一緒に空けた時計の針は十一時すぎで、黒い空を白い粉粒が舞い始めた。

「雪かな？」

「そろそろ時間だから」

いつもは白い肌が耳まで赤く、よろめいて席を立つ。

「飲み過ぎた？」

「すこしだけ」

レジに向かう自分の前を真田はたどたどしい足取りで進み、店の外でもとろんとした目でフラフラ歩く。エスカレーターに並んで乗ると、目をつぶりもたれかかってきて、心地よい重みの黒髪から香水の匂いがする。甘い香りに胸が高鳴り、体を抱こうとする腕を必死に抑える。寄り添う二人が両側の鏡を静かに進み、エスカレーターの距離をとても短く感じた。

自動ドアを出ると冷気が押し寄せ、真田は玄関前に立ち止まる。冷たい闇の中を粉雪が滑り落ち、一粒ひと粒が水銀灯で照らし出された。

「きれい……」

隣に寄り添うと真田は体を寄せ、手を握りしめてくる。鼓動が聞こえるほど大きくなり、小さな手のひらを握り返した。体が燃えるように熱く、タクシー乗り場までわざとゆっくり歩く。胸がつまるほど苦しくなり、次の約束を口にしかけた手を真田はすっと離した。

「本当に楽しかった。誘ってくれてありがとう」

「駅まで一緒に行く？　家まで送ろうか？」

「車で帰るから大丈夫……さよなら」

「……またね」

真田は哀し気な目でタクシーへ向かい、突然訪れた別れが切ない。車の扉がバタンと二人を遮り、窓越しに見えるバイバイにできる限りの笑顔で手を振る。走り出した後を二、三歩追いかけ、手を振りながら見守るテールランプは、暗闇の彼方に吸い込まれるように消えた。全身から力が抜け、勢いを増した雪粒に打たれながら立ち尽くす。芯から冷え切った心で震え、真田にはもう二度と会えない気がする。心の中と同じくらい深い闇を、細雪のカーテンを通して眺め続けた。

七

思い出さないようにと、年末年始も詰め込んだ予備校冬期講習のバイトが終わる。打ち上げコンパでは、いつも以上のペースで生ビールのジョッキを空けた。二次会のスナックでは、真田を想いつつ『安奈』を熱唱する。スコッチの水割りを水のように、どれだけ飲んだか分からないほどあおったが、飲めば飲むほど、哀しい仕草ばかり思い出した。終電を降りて北風の裏道を歩き、コツコツ響く足音がいつまでもつけてくる。足を止めて振り向くと足音もやみ、静まり返った暗闇が突き当りまで続いていた。金星が三日月の上で瞬き、夜空を照らす光が孤独をかきたてる。光の涙が注がれるカクテルグラスのように見え、サイドカーに唇をつける横顔に胸が引き裂かれた。

『黒山なんかと別れてつき合ってくれ！』

真田の下に飛んで行って叫びたかったが、そんな無謀な勇気はない。情けない心でよろめく体を進め、家まで何とかたどり着いた。自分の宛名が綺麗な文字で書かれた封筒がポストに入っていて、ドキドキして裏返せば恋い焦がれた名前。ドアを乱暴に開けて階段を駆け上がり、椅子に座ってライトをつける。急いで裂こうとしたがうまく破けず、はやる気持ちを抑えてはさみで切ると、四つ折りの手紙に写真がはさまっていた。三人で撮った摩周湖の写真で、二人に挟まれる笑顔にため息が漏れる。今さらなぜと思いながら便せんを開くと細かい文字が詰まっている。胸高鳴らせて読み始めた。

石川くんへ
こないだはありがとう。久しぶりに会えて楽しかった。話そうと思ったけど話せなかったことを、伝えたくて……
びっくりするだろうけどわたしのお腹には赤ちゃんが。黒山くんは就職にも差しつかえるから、子どもなんてムリだって。二人でがんばればなんとかなるし、産んだ後は働くからって頼んだの。でも急に避けだして電話もつながらなくなって。実家に電話したらお父さんが出て、離婚なんてまっかな嘘だって分かって。アパートに行ったら知らない女の子が出てきて、顔も出さずに、「いそがしいから」って声だけが。話をさせてって頼んだら、「別れたから関係ないし、子どもなんて知らない。これ以上つきまとわないでくれ」だって。わたしがバカだったけど、こんな仕打ちを受けるなんて……
誰にも話せなくて悩んでたとき手紙もらって嬉しかった。石川くんは昔と変わってなくて、なつかしいことも思い出してあの日はほんとに楽しかった。でもほんとのことは言えなくて嘘ついちゃった……心の底から愛していて、どうしても産みたくて、ムリって言ってても本心は同じだと。ぜんぜん違うって分かったけど、今さらいったいどうしたら？家族や友だちには言えないし、考えるほどみじめになるだけで疲れちゃった。
大切にしてた写真、遅くなっちゃったけど。学年旅行は楽しかったし、あのころに戻れたらどんなにいいだろう。青い鏡のような摩周湖も、もう一度見てみたい……最後まで読んでくれてありがとう。こんな話迷惑だよね。でも誰かに聞いてもらいたかった。まじめで優しい石川くんなら、わたしの気持ちも分かってくれるかもしれないし。
さよなら
真田　理沙

便せんを握ったまま愕然とし、ため息がこぼれる。あの日は特に哀しそうだったし、なぜ突っ込んで話を聞かなかったのかと後悔にさいなまれた。やるせない気持ちで目を落とすうち、『さよなら』の四文字が気になりだす。写真を送ってくるのも変だし、まさか遺書ではとの予感で心が凍る。一時すぎだったが矢も楯もたまらず、プッシュホンを取って真田の番号を押した。

「夜分すみません。石川と言いますが理沙さんお願いします」

「旅行中ですけど」

「どちらへ？」

「北海道まで」

「サークルの友人ですが、急用なので連絡先を」

「おとといの晩、夜行列車で摩周湖へ。宿は決まったら連絡すると言ってたのに連絡がなくて。一緒に行った友だちの家も留守みたいで」

よそよそしかった母親の受け答えが、心配そうな声に変わる。嫌な予感は深まり、友人の名前を聞いてみたが知らない人だった。用件を聞かれて迷ったが、家族には知られたくない真田の気持ちがある。はっきりしない状況でどう伝えたらよいかも分からず、言葉を濁して電話を切った。

おとといの日付と『武蔵野』の消印が封筒には押されている。これを出して夜行列車で摩周湖へ向かったとして、昨日一日連絡がないのは変だった。展望台直下の岸壁が浮かんで背筋が凍り、足取りをたどろうと時刻表をめくる。札幌行きの夜行『北斗星』でおととい二十時三分に上野を立てば、終点着は昨日の十三時三分。約一時間の待ち合わせで特急『おおぞら』に乗り継ぐと十八時五十一分に釧路へ着くが、その先はローカル線で昨日中に摩周湖まで行ける電車はない。夜に車でというのも考えにくいし、今は学年旅行のときのように釧路に泊まっているのでは？　今朝一番の快速は八時十分発『知床』で、川湯温泉駅到着は九時三十分。タクシーで約二十分の摩周湖に着くのはおそらく十時頃になる。追いつけるのではと思った飛行機の始発は六時五十分発で釧路八時二十分着。空港から車を飛ばしても二時間はかかるから、十時には間に合いそうもない。黒山のことが好きみたいだし、自分が行ったところで何ができるのだろう？　心を整理するための旅かもしれないと、ためらいの気持ちが広がった。黒い海を見つめる横顔が浮かび、声もかけてやれなかった自分に唇をかむ。もう一度読み直し、『まじめで優しい石川くんなら』という文字に胸が熱くなる。万一のことがあったら一生後悔するし、無駄足でもいいから摩周湖まで行こうと決心した。目覚ましの針を四時にセットし、綿シャツとチノパン姿のままベッドにもぐりこむ。鼓動が大きく響き、アルコールが回った頭で真田のことばかり考え続けた。

『ワォーン』

隣の犬の物悲しい遠吠えに背筋がぞくぞくし、布団をかぶって身を縮める。酔っているはずの頭が妙にさえわたり、寝返りをくり返すうち夜は更けて行った。

八

喪服姿の真田が展望台にいて、思いつめた表情で手すりに手をかけている。声をかけようとした瞬間、身を乗り出した体が手すりの向こう側へ落ちた。息をのんで駆け寄ると、真田の姿は青い湖面に吸いこまれるように小さくなり……

跳ね起きた機内に着陸のアナウンスが流れる。恐怖で心が凍り付き、額には脂汗がにじむ。呆然と目を向けた外は雪景色で、到着時刻は十分遅れの八時半とのこと。駐機場に停まると真っ先に席を立ってタラップを駆け抜け、公衆電話から真田の自宅に連絡する。

「何も連絡がないんですよ」

「また電話します……」

母親の声は昨日よりも心配そうで、不安を募らせて受話器を置く。吹き付ける寒風に身を縮め、タクシー乗り場へ急いで向かう。後部ドアが開いた車に、デイバッグを背負ったまま乗り込んだ。

「摩周湖まで」

いかつい顔の中年ドライバーがうなずき、彼方の山並みまで続く純白の大地を快適な速度で走る。夏とは全く違う風景を眺めていると、遠くの雪原で何かが動いており、タンチョウヅルの群れと分かった。

「鶴公園さ」

「野生ですか?」

「放し飼い」

頭のてっぺんの紅が映え、細い一本足で丸い胴体を支えている。『クー』と一羽が羽ばたくともう一羽も続き、向かい合って飛び跳ねる姿はダンスのようだ。求愛行動とのことで、優雅な姿を振り返った。

「どれぐらいかかります?」

「二時間くらいかかい」

「第二展望台に十時につけますか?」

「第二は通行止めさ。雪が二メートルは積もってっから」

平然とした顔でハンドルを切るドライバーを見て言葉をなくした。

「第一までなら車でも」

「夏に一度来たことが」

「冬は違うさ」

「湖は見えますよね」

「まだ凍ってねえし」

「凍るんですか？」

「二月には。雪がかぶると何も見えなくなるさ。天気もまああだし丁度いいときに」

バックミラーの笑顔は人が好さそうで、複雑な気持ちで相づちを打つ。冬なら当然かもしれないが、真田のことばかり考えていたためか頭が回らなかった。真田も第一展望台にいるのだろうか？　真田のことで頭がいっぱいになり、スピードが急に落ちたと思うと、ダンプカーが排気ガスをまき散らして走っていた。

「なるべく急いでもらえますか？」

「事故になんない程度にかい」

見通しの良い直線でダンプを追い越し、雪景色が速度を増して流れ出す。連絡がない以上友だちと一緒というのも嘘の気がするし、距離を示す標識を見ながら間に合ってほしいと願う。取り出した写真を見つめ、日ごろ信じていない神へ無事を祈り続けた。

双湖台《そうこだい》に差し掛かると、紺色の湖面が林の奥に覗く。双岳台《そうがくだい》では、そびえる雄阿寒岳《おあかん》の彼方で雌阿寒岳《めあかん》が噴煙をたなびかせていた。童話の世界のように木々が雪でこんもり覆われた山道を走る。見渡す限りの雪原に入り、摩周の田舎町を抜けた後、上り坂に差し掛かった。

カーブの連続で、残雪を轢くたび車が揺れる。第一展望台着は十時二十分過ぎで、飛び出した駐車場は静まり返っている。コートの裾を突風がめくり、革靴を何度も滑らせながら、階段を急いで登り切った。雪に覆われた展望台を見回しても、ダウンジャケットの男性の姿しか見えない。曇り空の下に藍色の湖面、雪化粧の小島、黒みを帯びた山並みには白い雪がまだらにかかり、夏とは違う冷たい印象だった。悪夢のシーンが脳裏をよぎり、体凍らせながら手すりの下をのぞいたが、急斜面から突き出す木の枝しか見えない。レストハウスの中にも真田はおらず、強張る顔で売店のおばさんに写真を見せた。

「この人見かけませんでした？」

「……そっから湖を見てた人に似てっけど」

「ほんとですか？」

「若い女の人一人は珍しいっしょ。スキーをかついで第二展望台の方へ」

「いつごろですか？」

「たしか十時過ぎだったか……」

おばさんは壁時計を見て首をかしげる。光が心に差し、第二展望台への道を聞いた。

「追いかけるのかい？　スキーは？」

「ありませんけど」

「そのカッコじゃとてもムリさ」

慌てて飛び出してきたため、普段着と革靴姿で、おばさんはあきれた様子で首を横に振った。

「借りられますか？」

「ユースホステルまで降りりねぇと……」

途中の建物は坂道のかなり下だったし、第二展望台へと続く車道を走る。頑丈な鉄柵が道を遮り、身長を超える高さの雪が埋め尽くしていた。立ち入り禁止のマークを無視してよじ登ると、しーんとした雪の大地が広がっている。右手の林沿いの坂道へと、二筋のシュプールが続き、スキーを履いた真田の姿が浮かぶ。こんなところを行く心に思いを巡らし、早く追いかけなければと柵の上から飛び降りた。新雪は思った以上に柔らかく、両足が膝あたりまで飲み込まれる。何とか抜いた右足をスキーの跡に乗せてもずぶずぶ埋まり、左足を引き抜いて前方のシュプールへ置く。踏みごたえのない雪面へ、革靴が脱げないよう足を出し入れするの繰り返しで、一歩ずつしか進めなかった。全身を使って歩くうち、強風にさらされているのに汗がふき出てくる。額をハンカチでぬぐい、コートを脱いでデイバッグと一緒に道端へ放り投げる。身軽なジャケット姿になって懸命に進んだ……

単調な雪道を一歩一歩歩き、大きなカーブの先にと期待したが、真田の姿はない。展望台どころか湖面も木々にさえぎられて見えなくなり、腕時計を見ると一時間以上歩き続けていた。息切れがひどく鼓動も乱れ、うずくように痛む下腹を押さえて前へ進む。足が出なくなり、雪原のように広いところで力尽きて立ち止まった。鹿の足跡が前方を点々と横切り、銀世界にぽつんといる姿に気づいて急にぞっとする。膝まで飲み込まれたまま上半身を後ろに倒し、両足を抜いて大の字になり息をつく。眺めた空では、じわじわ動く雲海の手前を、薄い筋雲が駆け抜けて行く。呼吸が整って動悸もおさまり、喉の渇きを感じて新雪を口に押し込んだ。かんでいるうち氷水になって喉を潤し、気力が戻って来て体を起こす。

「理沙〜」

シュプールの彼方に大声を張り上げる。少しずつ小さくなりながら、シーンとした空間に何度もこだました。

「ウォー」

気が違ったような大声で元気を奮い起こし、深い雪をラッセル車のように突き進んでいった……

九

元気も長続きせず、単調な登り道に意気が沈む。急斜面の雪をがむしゃらにかき分け、限界に近づいたころ、右手の見通しが開けだした。山並みに続いて湖面がのぞき、カムイシュへ引き寄せられるように登りつめる。全景がようやく見え、小さな丘の端に黒いスキーウエアの女性が立っていた。真田の雰囲気を感じ、下り坂を転がるように駆け下りる。近づくにつれて間違いないと分かり、突端の柵に手をかけて立ちつくしている。雪に埋もれた第二展望台だと気づき、断崖絶壁を見て背筋が凍りつく。

「理沙～」

遠くからの大声に、真田ははっとして振り返る。全速力で坂道を下ってテラスの端までたどり着いた。肩で息をしつつ向きあった真田は意外な表情で、顔は別人のようにやつれ、切れ長の瞳に涙がたまっていた。

「石川くん、どうして？」

「理沙こそ……まさか？」

近寄ると体をひるがえし、鬼気迫る顔つきで身を乗り出した。

「来ないで！」

身の毛がよだって足もぴたりと止まる。緊迫した空気に、白い息の塊が吐き出された。湖の方を向いて唇を結ぶ横顔をなすすべもなく見つめ、手すりを握り締めて身動きしない姿に胸が張り裂けそうになる。今まで真田だけを思い続けた歳月がふと心をよぎる。もう四年近く愛し続けているのに、まだ本当の気持ちを伝えていない。今の自分にできることはそれくらいしかなかった。

「こないだの夜、俺にも言えなかったことが……新歓コンパで会ったときから、他の人とは違って見えて、ブラシかけを代わってくれてすごく嬉しかった。どこか寂しげだし、理沙だけは俺のまじめさをわかってくれるし、楽しいだけのＥＴＣにも満足できないんじゃないかって思った。でもなかなか伝えられなくて、学年旅行のとき『変わってた方がいいじゃない』って言葉を聞いて。勇気が湧いて打ち明ける気になったけど、黒山とのこと聞かされて……諦めようと思ったけど、いつまでたっても忘れられない。認めてもらいたい一心で司法試験目指して、くじけそうになるたび写真見て励まされてた。合格できたのも理沙のおかげなんだ。

こないだも会えて本当に幸せだった。様子がおかしいとは思ったけど、黒山と続いているって聞いてショックで、何度も電話しようと思ったけどどうしてもできない。手紙もらって心配でたまらなくなって、家に電話したら何の連絡もないって聞いて。何の役にも立たないだろうけどここまで飛んできた。

どうしても言えなかったけど、初めて会ったときから大好きだった。今までずっと、来る日も来る日も理沙のことばかり考えて……頼むからそんなことはやめてくれ！」

こぶしを握って訴えたが、冷たい顔は湖面を向いたままだった。

「自分と同じまじめな人ってわかってた。練習でも気になったし、気持ちも何となく感じてた。そこまでなんて知らなかったけど……ほんとにごめんね。もう遅いわ。すべておしまいなの」

湖につぶやく横顔を見つめる目に、涙がにじむ。激しい愛情が燃えたぎり、何が何でも真田を守りたいと思った。

「まじめで、優しくて、哀しくて。理沙みたいな人はどこにもいなかった……ここまで来てよく分かった。俺の気持ちは何があっても変わらない。何があろうと俺は一生理沙だけを愛し続ける。まだ黒山を好きでもかまわない。それでも俺は理沙が大好きだ。黒山の子どもがおなかにいても。好きで好きでたまらないし、死ぬほど愛している。だからとにかく生きてほしい。好きになってくれなくてもいいし、生きててくれるだけで十分だから……死なないでくれ！」

体は燃えるように熱く、哀しい横顔を見つめながら踏み出す。手すりに手を置いたままの真田は、体を振るわせて振り向き、ゆがんだ顔で見つめ返してきた。

「理沙の気持ちはよく分かる。心から愛する人にひどい目にあわされて。だけど生きてさえいれば……傷も少しずつ癒えて行くだろうし、生きててよかったって思える日がきっと来るよ。できる限り支えて行くし、おなかの赤ちゃんだって、生きたい生きたいって思ってるはず」

結ばれていた唇が緩み、つらそうな目から涙があふれ出る。手すりから手を放し、駆けよってすがりついてきた。

「ごめんね。ごめんね……」

瞳からあふれ出そうとするものをこらえ、胸の中で泣きじゃくる背中を優しくさする。ぬくもりが体に染みこんできて、心地よい香りの黒髪にそっと頬を寄せた。太陽に照らされる湖面から霧が立ち上り、カムイシュがベールに包まれていく。伝説の神様が真田を守ってくれた気がして、目を閉じて感謝の念をささげる。他に誰もいない銀世界に、真田のすすり泣く声だけが大きく響いていた。

十

小鳥のさえずりに目を開けると、カーテンから明かりが漏れ、雨の音もしない。その年の六月のある朝、産休に入っていた真田と共に訪れた川湯《かわゆ》温泉のホテルで眼をこすった……

摩周湖での出来事以来、毎日のようにデートを重ねた。真田の話に耳を傾けて励ましているうち、心の傷も少しずつ癒えて行くようだった。真田に内緒で黒山にも電話する。最初へらへらしながらしらしらを切っていた黒山は、「男らしく責任を取れ」と迫ると、「お前には関係ないだろ」ときつい捨て台詞で電話を切った。真田は事情を正直に告げたところ、理解のある会社から了解を得られ、一人で子供を産む決意を固める。気持ちを聞かされ、その思いを大切にしてあげたいと思う。卒業式を終えた後の『ＳＩＤＥ　ＣＡＲ』のテラスで、満開の桜を前にプロポーズした。真田は涙をこぼしながら笑顔で受け入れてくれ、それまで生きてきた中で一番幸せだった。子どもを産む前に簡単な結婚式を挙げようという話になり、休暇を取って二人で北海道へ来ている。時計はまだ六時過ぎだが、隣のベッドは整えられ、真田はゆかた姿で窓際の椅子にいた。

「早いね」

「天気が気になって……」

「やんだみたいだね」

真田はカーテンを引き開け、光に目を細める。起き上がってあぐらをかくと、遠くの山並みが朝日に照らされて輝いていた。

「よかった」

「霧も大丈夫そうね」

晴れ晴れした気持ちで、伸びをして大空を見上げる。顔を洗ってレストランに向かったが、おいしい地場の和食も喉を通らない。部屋にやって来た美容師が真田の髪を整え始め、グレーのタキシードに着替えてロビーへ降りる。そわそわしながらソファーに座ると松山千春の『人生《たび》の空から』が流れ、耳を傾けていると落ち着いてきた。ハイヤーが到着しても真田は姿を見せず、隅々まで読んだ新聞を手に取る。様子を見に行こうかと思ったときに肩をたたかれた。

「おまたせ」

振り向くと花嫁姿の真田がいる。いつもよりぱっちりした感じの目、淡いピンクの紅をさした唇。アップに結った黒髪からはベールが垂れ、くるぶしぐらいの丈のウェディングドレスがよく似合っている。手には白薔薇のブーケ、白く光るヒールまで白一色の姿……妊娠八か月に入っていたが、お腹は少ししか出ていない。あまりの美しさに息をのんで見つめると、真田は恥じらって目をそらした。

「きれい」

ロビーの人たちの視線に真田は頰を赤らめ、自分まで照れくさい気持ちになる。ハイヤーへ向かうと、白髪頭のドライバーが入りやすいようにドアを大きく開けてくれた。車に乗り込むと、美容師、フロント係や従業員たちが、玄関前で見送ってくれる。

「いってらっしゃいませ」

一斉に頭が下げられ、熱い胸でおじぎを返す。見送る姿が見えなくなるまで、真田と振り返って手を振った。

「こんなにめでたいお客さんは初めてだ」

喜ぶドライバーに嬉しくなり、運転席との会話が弾む。空いている道を順調に上り、待ち合わせの九時少し前に第二展望台へ着いた。時間も早いためか車は数台だけで、快晴の空の下涼しい風が吹き抜ける。脚元に気をつけながら、真田の手を取って階段を上り、展望台にも人影は少ない。手すりまで進んで見た湖面は霧一つなく、学年旅行の時と同じように澄み渡っていた。肩寄せ合って見とれ、展望台を見回すと奥の方に丈の長い黒服姿が見える。笑顔で手を振る初老の牧師にそろって頭を下げた。

「おはようございます」

「ほんとにいい天気で」

「昨日の大雨じゃどうなることかと」

「お二人の行いが良いんでしょうね」

牧師の言葉に照れ笑いし、真田と向き合って服装をチェックする。見とれてしまう視線にはにかみながら、真田は胸飾りを直してくれた。湖を背にして立つ牧師の前に並んで立ち、十字架のペンダントを見て背中を伸ばす。レースの手袋の手で腕を取られ、結婚の実感が湧いてぞくぞくした。厳かな口調で開式を宣告する顔を見つめる。テープレコーダーからオルガンの伴奏が流れ、真田の声に合わせて賛美歌を歌った。聖書の朗読を聞きながらちらっと見ると、ベール越しの横顔はため息が出るほど美しい。誓約に入って名前を呼ばれ、返事をしながら身が引き締まった。

「汝は、健やかなときも病めるときも、喜びのときも悲しみのときも、富めるときも貧しいときも、命ある限りこの人を愛し、永遠に真心を尽くすと誓いますか？」

真田との思い出がよみがえり、お決まりと思っていた言葉が胸を打つ。決意はみじんも揺らがなかった。

「誓います」

胸を張って答えると、牧師は同じ質問を真田に始める。不安な気持ちで様子をうかがうと、真剣な表情が牧師を見上げていて、鼓動が大きくなった。

「ちかいます」

澄んだ声が聞こえてほっとし、潤んだ瞳に微笑む。銀の結婚指輪をつまみ、白魚のような薬指へ震える手でくぐらせた。おそろいのリングを、真田は左手に優しくつけてくれる。薬指の根元の感触が心地よく、結ばれた感動で胸がいっぱいになった。ベールをつまんで向こうへ下ろし、端麗な顔を見つめるとまぶたが閉じられる。心臓を脈打たせて唇を重ね、歓喜で全身がしびれた。

「本当におめでとう。でも人生は山あり谷あり。だから誓いの言葉だけは一生忘れないようにしてください。一人では耐えがたい苦しみも二人が力を合わせればきっと乗り越えられるはずです。苦しいときこそ支え合い、幸せな家庭を築いて欲しいと願っています」

牧師の祝辞に胸が熱くなり、真田の目から涙がこぼれる。背中から湧き起こる拍手に振り返ると、十数名の人が笑顔で手をたたいていた。

「いい結婚式だったわよ」

気さくそうな中年の女性が近寄り、次々求められる握手に笑顔でこたえる。金婚式で訪れたという老夫婦から激励の言葉を受け、若い女性にブーケを請われた真田は喜んで手渡した。

人の輪が消え、牧師と別れを告げた二人は、安堵のため息を同時に漏らす。湖の方を向き、手すりにもたれて肩を寄せ合った。青い水面、緑の島と山、抜けるような青空まで、とても穏やかな眺め。藍色の湖面、雪化粧した小島と白黒の山並み。雪に埋もれる展望台に立ちつくす真田……冷たい銀世界を思い出し、あの日の出来事を遠い夢のように感じる。この瞬間も夢かと思って見た真田は花嫁姿で、安心して天を仰いだ。

「雲一つないね」

「ここまで来てほんとに良かった」

「体は大丈夫？」

「この子も落ち着いてるし」

「名前だけど、『碧《みどり》』ってどうかな？」

「木の緑？」

「上が王様の王と白で下に石がつく字」

レースの手袋の手のひらを人差し指でなぞる。

「きれいな字」

「『青い』とも読むし、この湖みたいに優しい人に育ってくれたら」

真田は、まじめな顔つきで湖面に目を落とした。

「それに決めない？　素敵な名前だから……」

笑顔を見て喜びに包まれたが、カムイシュの辺りに向く顔には影が差した。

「嫌なこと思い出させたかな？」

真田は首を横に小さく振る。

「隣にいてくれてほんとに幸せだから」

「俺も幸せ過ぎて夢みたい」

「……ほんとにいいの？」

「何が？」

「だって……」

真田は唇をかみ、膨らんだお腹へ手をのせる。小さな手に自分の手を重ね、優しく握りしめた。

「碧の父親は俺だよ。早く碧のパパになりたいし、とにかく無事に生まれてほしい……」

切れ長の瞳から影が消え、幸せそうな笑顔を見つめ返す。真田は潤んだ目を閉じ、顔を上げてこちらに向けた。どきどきして見まわした展望台は二人だけで、体を引き寄せてふくよかな唇に口づけする。抱きつく体をぎゅっと抱き返し、ぬくもりで身も心もとろけてしまいそうだった……

青い鏡のような湖に、神様が宿る楕円の小島がたたずむ。柔らかに尖った山が寄り添い、三百六十度の大空からまぶしい光が降り注ぐ。固く抱きしめ合う二人を、カムイの大自然が優しく見守っていた。

終

後記

『より良い生き方とは？』素朴な問いに対して思考の宇宙を旅し続ける。本業、子育てと共にそれが、ここ三十年間の人生……エイプリルフールにバツイチになって人生のリセットを迫られたとき、本著の出版を思い立ちました。時はコロナ禍の真最中、私の人生と共に世界が揺れ動き、自粛ムードで経済も停滞。くらしがぐらつき安定が揺らぎ始めた今こそ、世のため人のためになってくれるかもしれないと。

　約二十五年の同居生活にもピリオドを打ち、子供たちとも離れ離れになって死ぬほど苦しい時も。支えてくれる親友がいて、持ち前のしぶとさもあってか、今ようやく立ち直りつつあります。紆余曲折はありましたが、信じることを書き続け、この本を出版できる自分は本当に幸せ者です。楽しいことも、嬉しいことも、苦しいことも、辛いことも、その全てがあったからこそ今の自分がある。これまで支えてくれた全ての方々と、今までの人生全てに感謝です。

　いつの間にかなってしまった五十五歳も、ゴーゴーの年だと前向 離婚も人生を二倍生きるチャンス、『未熟恋』のように、愚直だけれど一途な愛し方 てくれる素敵な人を、第二の人生では見つけたい。夢のような恋愛に、いい年してまだ憧れています。書く才能がないことは自覚していますし、自分探しの集大成として『リセットライフ』を書き上げた今、ようやくつかんだ『本当の自分』に向かい、一歩ずつ進んで行こうと……

苦しい時に温かく支えてくれた父母と妹、M・Aさん、Y・Kさん、R・Mさん、M・Yさん、忘れられない優しさをくれたT・Nさん、未熟な私を見捨てずにいてくれた恩師の先生、人生の先輩や友人たち、本業を支えてくれた方々、たくさんの思い出をくれた元家族たちに、伝えられていない大きな感謝を、この場でお伝えさせて下さい。この本を読んで下さった方々、本作を誰より評価して下さったO編集部長、度重なる訂正でお手数をおかけしたKさんと鳥影社の方々、縁のある方々すべてに、真心をこめて本書を捧げます……

どんな苦難にもメゲずに明るく前向きに頑張る私にも、「いつも頑張ってくれてありがとう」（笑）

心は万年青年、バカでまじめな男の向こう見ずで地道な生き方を、これからも見捨てずに見守っていただければ嬉しいです。

「つまらない」とか「古くさい」とか、どんなに厳しくても歓迎ですので、率直なご感想もお待ちしています！

あなたの迷いを断ち切り、時代の閉塞感を打ち破る書に、なってくれますように……

〈著者紹介〉

石川一成（いしかわかずなり）

昭和40年生まれ。東京都出身。
昭和59年3月開成高校、平成3年3月早稲田大学法学部卒業。
平成7年4月検事任官。平成8年3月退官。
平成8年4月弁護士登録。
平成16年に法律事務所を開業し、現在に至る。

リセットライフ

定価（本体 1400円+税）

2021年3月16日初版第1刷印刷
2021年3月22日初版第1刷発行
著　者　石川一成
発行者　百瀬精一
発行所　鳥影社（www.choeisha.com）
〒160-0023　東京都新宿区西新宿3-5-12トーカン新宿7F
電話　03-5948-6470, FAX 0120-586-771
〒392-0012　長野県諏訪市四賀 229-1（本社・編集室）
電話 0266-53-2903, FAX 0266-58-6771
印刷・製本　モリモト印刷

ISBN978-4-86265-874-6　C0093

乱丁・落丁はお取り替えします。